2

Titelbildgestaltung: Rebecca Wild

<u>Impressum:</u>

R.O.M Autorenclub, Pettenkoferstr.   Berlin

<u>Annabelle.benn@outlook.de</u>

Inhalt

1 Susan

Susan blinzelte und räkelte sich in dem großen, warmen Bett mit der weichen Matratze. Verschlafen tastete sie nach Richard. Sie tastete und tastete, doch so sehr sie auch tastete - sie fand nichts. Das Bett, in dem sie lag, war leer, und in dem Raum herrschte eine Stille, die ihr nur allzu vertraut geworden war. Vertraut und verhasst.

Wieder einmal hatte Richard sich aus dem namenlosen Hotelzimmer geschlichen, ohne sie zu wecken, ohne sich von ihr zu verabschieden, ohne ihr den Übergang von der gemeinsamen in die einsame Zeit zu erleichtern.

Freitagmorgen. Für die meisten Menschen war das ein guter, ein lang ersehnter Tag, doch für Susan Jones war es der Tag, den sie am meisten fürchtete. Dann war die Vorfreude auf die gemeinsamen Stunden erloschen, das einsame Wochenende lag bedrohlich vor ihr und der nächste Donnerstagabend in einem billigen Hotel lag in weiter Ferne. Anfangs hatte er sie in die besten Hotels der Stadt ge- und dort verführt. Doch anscheinend sank seine Spendierfreudigkeit in dem Maße, in dem sein

Wissen um ihre Abhängig- und Hörigkeit stieg und sich eine Routine einstellte.

Die Version für seine Ehefrau lautete, dass er den Abend damit verbrachte, nach einem Squash-Match mit seinen ausnahmslos männlichen Freunden zu Abend zu essen und anschließend ein paar Bierchen zu trinken. Nicht viele, aber doch zu viele für den weiten Weg in den noblen Vorort Killiney, wo er in einem großen Haus ganz in der Nachbarschaft von Bono Vox wohnte. Zumindest hatte Susan sich diese Version des Unglücks zusammengeschustert. Der Gedanken daran, dass er das Wochenende mit seiner Frau, den Kindern und dem Hund verbringen würde, ließ Susan schaudern. Die Sorge, dass Richard ihr vielleicht niemals allein gehören würde, nagte an ihr wie eine stinkende Ratte, die aus dem Kanalsystem ihrer Affäre heraufgeklettert war.

Affäre. Niemals hätte sie gedacht, dass sie ein Mädchen für Affären wäre. Noch dazu mit verheirateten Männern. Diesmal mit ihrem Chef! *Ehebrecherin*. *Hochschläferin*. Ja, das war sie. Blond, schlank, sexy. Sonst nichts. Aber was konnte sie tun? Sie war diesem Mann mit den stechend grünen Augen und dem überirdischen Sexappeal einfach heillos verfallen. Und der Sex war so verdammt gut! Noch immer, ja, auch noch nach beinahe einem Jahr war jeder Donnerstag ein Geschenk heidnischer Götter. Warum nur musste Richard verheiratet sein und warum fühlte sie sich immer zu den Falschen hingezogen? Sie stöhnte, presste die Augen zusammen, vergrub das Gesicht in einer Armbeuge und sog Richards Duft ein, den das Kissen angenommen hatte. Richard.

Durch die dünne Wand drang das Klingeln eines Weckers. Himmel! Wie spät war es eigentlich? Wie von einer - in Irland höchst seltenen - Tarantel gestochen, sprang Susan auf, tastete nach ihrem Telefon und schrie unterdrückt auf. Schon Viertel nach sieben!

Sie hastete ins Bad und kreischte ein zweites Mal los, denn aus dem Badezimmerspiegel grüßte ein putziger Waschbär, aber keine Femme fatale mit sexy Smokey-Eyes! Mit solchen hatte sie sich nämlich schlafen gelegt, obwohl sie wusste, wie schlecht das für die Haut (und die Hotelkissenbezüge) war. Doch zum einen wäre sie sich albern vorgekommen, wenn sie sich abgeschminkt hätte, und zum anderen wusste sie, dass Richard das nicht mochte. Sie hatte es einmal probiert und sein schneidender Kommentar hatte unmissverständlich deutlich gemacht, dass das *zu viel an Häuslichkeit* und von daher in einem Hotelzimmer unangebracht wäre.

Vielleicht wollte er sich den gräulichen Anblick ersparen und flüchtete deswegen jedes Mal, bevor sie aufwachte? Wer wusste das schon? Sie jedenfalls wusste gar nichts mehr. Nicht einmal, ob sie überhaupt noch in ihn verliebt war oder sich nur noch an der Hoffnung festklammerte, dass er endlich seine Frau verlassen und sie heiraten würde!

Schnell holte sie die Miniaturpflegeprodukte aus ihrem Täschchen, rannte zurück ins Schlafzimmer, stellte den Wasserkocher an, schminkte sich ab, gönnte sich eine zwanzig-Sekunden-Dusche, goss den Tee auf, massierte Trockenshampoo ins Haar und bürstete es mit so kräftigen Strichen aus, dass es nur so staubte und sie husten musste. Sie rannte zurück zum Teetischchen, riss den Beutel aus der Tasse, bespritzte bei dem Vorgang die Wand, Teppich und Tablett. Durstig nahm sie einen gierigen Schluck, spuckte ihn gegen den Spiegel, hechtete zum Wasserhahn und versuchte, sich den verbrannten Mund zu kühlen. Als sie japsend und ächzend wieder hochkam, stellte sie fest, dass die ausgekämmten Haare den Abfluss verstopften und dass der Ansatz ihrer beinahe hüftlangen, blonden Haare dunkel mahnte. Ein Besuch bei Molly, der geschwätzigen Friseuse, war erneut dringend nötig und damit 220 Euro fällig. Wie jeden Monat. 220 Euro für einen kleinen Teil ihres makellosen Aussehens und immerhin zweieinhalb heitere Stunden, in denen sie schamlos von Richard schwärmen konnte, denn Molly wusste nichts von einer Affäre. Molly hielt Richard für den aufmerksamsten Verlobten, den man sich nur vorstellen konnte.

Und was waren schon 220 Euro in Anbetracht all dessen, was sie sonst noch ausgab, um Richard zu gefallen! Make-up, Parfüm, neue reizende Unterwäsche, noch höhere High Heels … Ein Glück, dass die Zwillinge ihr wenigstens bei der Maniküre halfen, wenn ihre Hände zu stark zitterten.

Erschöpft tätschelte sie die Wangen mit den Fingern und starrte sich an. Sie sah müde aus. Ihre Haut war fahl und trocken. Hatte Richard diese Veränderung bemerkt? Fand er sie weniger attraktiv? Schwand sein Interesse an ihr vielleicht bereits? Was wäre erst in zehn Jahren? Sie wollte gar nicht daran denken und schlüpfte stattdessen in das weiße, knitterfreie Oberteil und den blauen, ebenfalls knitterfreien Rock. Ja, sie war vorbereitet. In die kleine, braune Ledertasche, aus der sie ihr Bürooutfit gezaubert hatte, stopfte sie nun das kurze, schwarze Kleid aus Häkelspitze mit dem weit ausgeschnittenen Rücken. Dorthin, also auf ihre nackte Haut, hatte Richard gestern seine Hand gelegt und sie mit einem tiefen, hungrigen Knurren an sich gezogen. Willenlos hatte sie sich an ihn gepresst, seine breite Brust, den harten Bauch und seine Männlichkeit gespürt und ... Allein die Erinnerung daran löste ein sehnsuchtsvolles Ziehen und Kribbeln in ihrem Unterleib aus. Wie gern hätte sie ihn auch am Morgen noch einmal gespürt! Warum hatte er den Wecker nicht eine halbe Stunde vor der Zeit gestellt und sie geweckt, so, wie er es anfangs immer getan hatte?

Mit geübten Handgriffen trug sie im Nu ein bürotaugliches Make-up auf, band die Haare im Nacken zusammen, trank den inzwischen kalten Tee (schwarz, ohne Zucker) in einem Zug aus, nahm ihr Gepäck und eilte hinaus auf die Straße. Der übliche Konvoi aus Pendlern zog schon im Schneckentempo an ihr vorbei. Männer und Frauen, die diese Strecke jeden Tag zurücklegten. Die in Kildare oder Citywest wohnten, die im Auto frühstückten, sich dort schminkten und eine Präsentation überarbeiteten. Die ihre Kinder, die nach ihnen aufstanden, über das Handy Vokabeln abfragten, ihnen einen schönen Tag und viel Glück bei einem Test wünschten. Menschen mit Familien, vielleicht sogar mit Hunden, Katzen, Meerschweinchen und einem großen Garten. Vielleicht aber auch nicht. Vielleicht ohne all das. Vielleicht waren die Menschen in den Autos einsam und lebten in kleinen, dunklen und feuchten Wohnungen. Vielleicht führten sie das Leben, das Susan hätte, wenn Rick Mahoney nicht so großzügig wäre und sie alle so günstig in seinem Mietshaus in der Orange Street, im Herzen Dublins, wohnen ließe.

Oder vielleicht hätte sie auch - in einem alternativen Leben - geheiratet, einen netten Mann, einen, der es ehrlich mit ihr meinte und den sie trotzdem interessant fände. Vielleicht hätte sie auch

Kinder … viele Kinder … nicht ganz so viele, wie sie es gewesen waren. Fünf Brüder und drei Schwestern in einem spärlich möblierten Haus, in dem es immer zog und wo man keinen Platz für sich allein hatte. Die Brotsuppe, die Kartoffeln mit Sauerrahm, die Spaghetti mit Tomatensauce und nur selten Fleisch. Die Arbeit auf dem Feld, das Melken der Kühe, das Scheren der Schafe …

Während sie auf ihren hohen Absätzen weiter zur Tramstation hastete, wurde ihr bewusst, wie sentimental sie heute war. Normalerweise war sie cool und betrachtete alles mit einer leicht spöttischen Distanziertheit, die sich wie eine Schutzmauer um sie zog. Aber heute war diese Mauer brüchig und porös. Sie ahnte, dass ein Teil der Anziehung, die sie auf Richard ausübte, an ihrer Ausstrahlung von Freiheit, Selbstständigkeit und Unabhängigkeit lag. Vielleicht war genau das das Problem, überlegte sie, als sie sich nun zu den anderen Menschen in den Wagon drängte. Sie machte sich immer über die eingepackten Mittagessen und Wochenendeinkäufe, die Wahl der richtigen Kita, das Rasenmähen und dergleichen lustig. Sie wollte, dass Richard glaubte, dass sie nichts von all diesen Dingen begehrte. Dabei sehnte sie sich so danach wie sich ein Eskimo-Teenager in seinem Iglu nach einem warmen Robbenfell sehnte, wenn er keins hatte und aus irgendeinem Grund den harten Kerl markieren musste.

Nun ja, sie hatte keine Ahnung, ob Eskimo-Teenager so dumm waren, aber war sie nicht genauso dumm?

Ja, sie war wahrscheinlich selbst schuld an ihrem Elend, weil sie immer so tat, als wären ihr nur guter Sex und teure Klamotten wichtig. Beides gab er ihr nur zu gern. Das Kleid in der Ledertasche war von Michael Kors, und der Sex war einfach ... atemberaubend. Fantastisch. Überirdisch. Wie viele Paare konnten das schon nach einem Jahr noch behaupten? Für Richard musste es wie ein fairer Deal aussehen. Also … Vielleicht war es doch nicht so schlecht. Außerdem hatte sie ihre Freunde. Und Alexandra, ihre beste Freundin, würde sie in wenigen Minuten wie jeden Freitag zum Frühstück in ihrem Lieblingscafé *The sweetest sins* treffen. Schade dabei war nur, dass die Zwillinge Natalie und Melanie, denen es gehörte, immer erst mit ihrer Schicht begannen, wenn sie schon an ihrem Arbeitsplatz waren.

***

„Na, wie war's?", fragte Alexandra mit einem verschwörerischen Blinzeln und rührte einen Löffel Honig in ihren Kaffee. Honig statt Zucker war ihr letzter Spleen, es schmeckte köstlich und war ja so gesund. Susan trank ihren Kaffee nach wie vor schwarz; pechschwarz und bitter - wegen der Kalorien, die einfach überall lauerten, selbst in fettarmer Milch. Und fettfreie war so grauenhaft, dass sie gleich darauf verzichten konnte.

„Befriedigend", flüsterte Susan mit einem ebenso verschwörerischen Blinzeln und einem seligen Grinsen zurück.

Die beiden jungen Frauen saßen nebeneinander auf hohen Stühlen an einer Art Tresen, von wo aus sie ab und zu den Liffey hinter der dichtbefahrenen Straße erspähen konnten.

„*Befriedigend*?", wiederholte Alexandra, rollte die Augen und stieß dabei einen Laut aus, der eine Mischung aus Seufzen, Prusten und Grunzen war.

„Ja. Und wie! Ach … wenn du wüsstest, wie …", schwärmte sie.

„Suuuuusan!", jaulte Alexandra auf und verzog ihr hübsches Gesicht. „Nicht zu viele Details, ja?"

„Okay, okay. Ist ja schon gut. Ich könnte dich aber auch fragen, wie deine Nacht mit Harvey-Harper so war?", fragte sie interessiert und reckte ihr Kinn in die Höhe.

Nun grinste Alexandra ebenfalls bis über beide Ohren, führte die Tasse an den Mund und wisperte über den Milchschaumberg hinweg: „Schön. Wunderschön. Sehr erfülle…"

„Stopp!", schrie Susan gespielt entrüstet und machte eine abwehrende Geste. „Bitte nicht *too much Information*, ja?"

„-nd", vervollständigte Alexandra das Wort, bevor sie losprustete und dabei das Kakaopulver auf Susans weiße Bluse pustete. Kreischend sprang Susan auf und versuchte, den braunen Staub herauszuklopfen.

„Mhm, das wird deinem heißen Chef aber den einen oder anderen unanständigen Gedanken bescheren", feixte Alex. „Die süßeste Verführung seit es … Frauen gibt?"

„Sekretärinnen", murmelte Susan, ohne ihre Freundin anzusehen, klopfte noch ein wenig an der Bluse herum und setzte sich wieder.

„So schlimm?"

„Nein, Quatsch."

„Erzähl. In Ruhe und im Ernst. Wie war's, abgesehen vom Sex?", erkundigte Alexandra sich einfühlsam.

„Er ist so charmant und sexy wie immer. Diese grünen Augen …"

Alexandras waren blau und drehten sich gerade zur Decke. „Das weiß ich doch alles längst. Die sind zum Sterben. Ich meine nicht sein fabelhaftes Aussehen oder sonstige gewisse körperliche Vorzüge. Ich meine, worüber habt ihr geredet? Hast du ihn gefragt, was er vorhat? Mit seiner Frau und dir?"

„Nein", gestand Susan leise und starrte in die Tasse, auf deren schwarzer Oberfläche sich ein paar bunt schillernde Bläschen gebildet hatten. „So etwas kann ich ihn nicht fragen, das weißt du doch. Unsere Beziehung ist da anders."

Alexandra presste die Lippen aufeinander und schüttelte missbilligend den Kopf.

„Aber ihr seht euch doch seit einem Jahr jede Woche!"

„Nun ja … Wir *schlafen* seit einem Jahr miteinander. Wir sehen uns täglich im Büro, das ist alles. Wir unternehmen nichts gemeinsam, weil er nicht erkannt werden will. Ich meine, er lügt seine Frau ja ohnehin schon immer an, indem er ihr sagt, dass er sich mit seinen Freunden trifft."

Alexandras Blick wanderte vom Straßenverkehr auf das Stück Bananenbrot, das vor ihr lag, und weiter in ihren Schoß, wo sie mit den Händen spielte. Deutlich konnte Susan erkennen, dass sie nach den richtigen Worten suchte. Gespannt, aber auch mit einer unguten Vorahnung, wartete sie auf die Frage der Freundin.

„Bist du dir denn sicher, dass du glücklich bist und es immer so weiterlaufen lassen willst?", fragte sie schließlich gepresst und hob den Blick, um Susan direkt anzusehen.

Susan wurde schwindelig, der Raum drehte sich und in ihren Ohren rauschte es. Aber nur kurz, dann hatte sie sich wieder gefangen. Sie atmete tief ein und antwortete wahrheitsgemäß: „Das sind genau die Fragen, die ich mir lieber nicht stelle. Ich habe einfach keine andere Wahl. Es ist, wie es ist."

„Wie bitte? Susan! Du hast doch tausend andere Möglichkeiten!", rief Alexandra entsetzt, richtete sich auf und schaute Susan aus weit aufgerissenen Augen ungläubig an. „Die erste und beste wäre, dem Kerl endlich den Laufpass zu geben! Mit einem saftigen Tritt in den Hintern!"

Susan kannte Alexandra zu gut. So, wie sie ihre Nasenflügel gerade aufblähte, bedeutete das, dass ein Sturm, wenn nicht gar ein Orkan im Anzug war. Deswegen hob sie nun beschwichtigend die Arme. Vielleicht auch, um sich selbst zu beruhigen, denn insgeheim wusste sie, dass Alexandra recht hatte.

„So leicht ist das nicht. Das weißt du doch genauso gut wie ich. Er ist mein Chef. Und glaubst du, er lässt mich weiterhin in seiner Kanzlei arbeiten, wenn ich mit ihm Schluss mache?"

„Na, dann kündige doch gleich mit! Gib ihm gar nicht erst die Chance, dass er dich feuert. Trenn dich und kündige!"

„Alex", seufzte Susan und kratzte sich nachdenklich mit ihren glänzend roten Nägeln am Kopf. „Es geht doch nicht um meinen Stolz. Es geht um meinen Job. Um Geld. Bei den

Arbeitsmarktverhältnissen stellt doch niemand eine halb qualifizierte Anwaltsgehilfin ein." Niedergeschlagen schüttelte sie den Kopf. „Dass Richard mich genommen hat, war ein riesiges Glück und … und ..." Sie wollte nicht weitersprechen. Das war auch nicht nötig, denn Alexandra wusste auch so, was sie so bedrückte.

„Hey, Susan"; flüsterte sie, legte den Arm um ihre Schultern und zog sie an sich. „Auch wenn ausgerechnet der eine Chef dich wegen deines Aussehens genommen haben sollte, - was wir gar nicht mit Sicherheit wissen -, dann heißt das noch lange nicht, dass du sonst nichts zu bieten hast, hörst du?"

Susan schniefte und zog die Schultern hoch. Genau das war ihr wunder Punkt. Sie hatte sich so lange auf ihr Aussehen verlassen und so viel Zeit und Geld in es investiert, dass sie inzwischen davon überzeugt war, innerlich hohl und uninteressant zu sein. Sie war sicher, dass es nichts Liebenswertes an ihr gab, außer ihrer Oberweite, ihrem gestylten Körper und ihrem Sexappeal. Aber diese Gedanken waren so grässlich, dass sie sie nicht einmal Alexandra gegenüber zugab, auch wenn die sie erschreckend genau zu kennen schien.

„Du bist viel zu schade für Richard, in vielerlei Hinsicht. Auch was die Arbeit angeht. Dein Abschluss war gut, aber er hat dir über Nacht andere

Aufgaben gegeben, für die du nicht qualifiziert warst, nichts für deine Weiterbildung bezahlt und dich dann mit dem bescheuerten Argument, du wüsstest zu wenig, zu seiner persönlichen Assistentin mit einem Zertifikat im Teekochen degradiert!“

„J… ja“, heulte Susan auf und hielt sich die Ohren zu. „Aber doch nur, weil … weil ich zu dumm für eine richtige Anwaltsgehilfin bin!“

„Aber die wolltest du doch auch nie sein! Es ist abartig, dass er das mit dir macht! Beinahe kommt es mir so vor, als würde da böse Absicht dahinterstecken. Ein Mittel, um dich zu brechen und dich genau so klein und dumm fühlen zu lassen, wie du es jetzt tust.“

„Alex!“, heulte Susan. „Bitte! Sprich nicht so von ihm! Das würde er … nie tun.“

„Oh doch, das würde er. Ganz bestimmt, ohne mit der Wimper zu zucken und ohne nachzudenken sogar. Das kommt bei Menschen wie ihm einfach von innen raus, die machen das ganz automatisch. Killerinstinkt nennt sich das. Der Mann geht über Leichen, das sage ich dir!“

„Aber doch nicht über meine!“

„Kommt darauf an, was man als Leiche bezeichnet. Du zumindest siehst wenig lebendig oder lebensfroh aus.“ Alexandra war ganz aufgebracht, doch als sie fertig gesprochen hatte, nahm sie Susans

Hand, drückte sie und streichelte den Handrücken mit dem Daumen.

„Nicht weinen, ja?“, flüsterte sie besorgt, woraufhin Susan nur stumm den Kopf schüttelte. Am Anfang der Affäre, als sie vor lauter Schmetterlingen im Bauch kaum hatte schlafen können, hatte sie an den Wochenenden dauernd geweint, weil sie ihn so sehr vermisst hatte. Doch im Laufe der Zeit war sie cooler - oder härter - geworden. Sie weinte nicht mehr. Sie trug die Last der Situation und hoffte einzig und allein, er möge seine Frau verlassen und sie heiraten. Das war alles, was sie noch wollte, nachdem sie so viel Zeit, Geld und vor allem Kraft in ihn investiert hatte. Es musste sich doch lohnen! Nur an Liebe glaubte sie schon lange nicht mehr. Ja, sie wollte ihn heiraten, weil er reich war. Stinkreich sogar. *Familienreich,* also schon mit dem Goldlöffel im Mund aufgewachsen, und berufsbedingt reich. Und sie, Susan, würde nie mehr arm sein, das hatte sie sich mit einer Bitterkeit und Entschlossenheit geschworen, die der Scarlett O’Haras am Ende von Vom Winde verweht in nichts nachstand.

Heute war einfach kein guter Tag, alles in ihr tat weh, war dumpf und leer, und in ihren Augen schwammen Tränen. Tief drinnen wusste sie, dass Alexandra recht hatte und Richard nur den unverbindlichen Sex wollte, mit dem sie ihn umwarb.

Aber keinen Millimeter mehr. Plötzlich ekelte sie sich vor ihm und vor sich selbst.

Schon unzählige Male hatten sie ähnliche Unterhaltungen geführt, aber heute war etwas anders. Sie war zerbrechlicher als sonst. Bestimmt lag es an den Hormonen und ihrem Zyklus. Ihre Lippen zitterten.

Alexandras Blick wurde traurig, sie stand auf und legte beide Arme um Susan. „Hey, alles wird gut", murmelte sie in ihr Haar, das nach Trockenshampoo roch. „Du findest bestimmt bald was Neues. Ich bin - wir alle sind immer für dich da, ja?"

„Aber – ach, Alex, du weißt doch, dass ich nicht allein sein kann. Seit ewigen Zeiten drifte ich von einer Beziehung in die nächste", schniefte Susan und befreite sich aus der Umarmung.

„Nun ja, wenn es wenigstens Beziehungen gewesen wären", fügte Alexandra hinzu.

„Eine moderne!"

„Nun ja, modern oder nicht modern. *Fickfreunde*, oder wie das alles heißt – das tut doch niemandem gut. Dir auch nicht. Ich will dich wieder lachen sehen! Und dafür musst du mal auf dein Herz hören, nicht mehr und nicht weniger. Du stehst einfach immer auf die Falschen, aber das ist nichts, was man nicht ändern könnte!"

„Ach? Wie denn?"

„Wenn du denkst, *der ist es garantiert nicht* – dann ist es genau der Richtige!", meinte Alex und lachte aufmunternd. Dann nahm sie hastig den letzten Bissen ihres Bananenbrots, leerte den Kaffee und küsste Susan auf die Wange. „Bis heute Abend, ja? Wir müssen los!"

„Oh ja …", seufzte Susan, ging ebenfalls aus dem Café und schaute Alexandra nach. Dann klappte sie ihren Handspiegel auf, überprüfte ihr Make-up und eilte mit großen Schritten in die entgegengesetzte Richtung davon.

2 Calum

Das scheppernde Klingeln des altmodischen Weckers riss Calum aus dem Schlaf. Ächzend tastete er danach und drückte den Schalter nach unten. Er konnte sich nicht daran erinnern, wann er zuletzt ausgeschlafen hatte, während Fiona das die ganze Zeit tat. Täglich betätigte sie auf ihrem Handy die Schlummerfunktion und drehte sich noch einmal um. Und das, obwohl er sie ständig vor den schädlichen Strahlen warnte.

Er atmete tief ein, ballte dann die Hände zu Fäusten, streckte die Finger wieder aus und setzte sich im Bett auf. Langsam atmete er aus und öffnete dabei die Augen. Früher hatte er vor dem Aufstehen gebetet, doch dazu fehlte ihm schon lange die Zeit.

Er schwang die Beine aus dem Bett und stand auf. Wie ferngesteuert tapste er ins Bad, und keine zehn Minuten später schlüpfte er frisch geduscht und frisch rasiert in seinen stahlgrauen Anzug, den er sich bereits am Vorabend mit einem hellblau-weiß karierten Hemd herausgelegt hatte. Das Blau des Hemdes betonte das intensive Blau seiner Augen. Sein dichtes, braunes Haar war oben etwas länger und im Nacken kürzer; ein Schnitt, der ihm gefiel und der einfach zu pflegen war, den Fiona aber zu altmodisch fand. Er zog den Gürtel zu, und als er die Metallschnalle schloss, bewegte seine Freundin sich im Bett und blinzelte ihn verschlafen an.

„Guten Morgen“, grüßte Calum sie mit einem fröhlichen Lächeln. „Gut geschlafen?“

„Musst du das hier machen?“, maulte sie, ohne auf seine Frage einzugehen, und gähnte.

„Du meinst, mich für die Arbeit anziehen? Also, ich könnte den Vorgang auch in die Küche oder auf den Flur verlagern!“, gab er lachend zurück und stopfte sich das fein säuberlich gebügelte Hemd in die Hose.

Darauf antwortete sie nicht, sondern nahm ihr Handy und wischte und tippte darauf herum, während Calum die leuchtend dunkelblaue Krawatte band und sich fieberhaft überlegte, was er Interessantes sagen könnte. In letzter Zeit unterhielten sie sich immer weniger, wobei er nicht wusste, woran das lag. Wann immer er nach Hause kam, erkundigte er sich nach ihrem Tag, erhielt aber nur einsilbige bis ausweichende Antworten. Wenn er sie fragte, was sie am Wochenende unternehmen wollte, entgegnete sie, dass sie sich einfach bei „einem Film, einer Pizza und einer Flasche Wein“ erholen müsste, weil es etwas ganz anderes wäre, in einem Pub in der Großstadt zu bedienen als in einem auf dem Land.

„Liest du die Nachrichten? Ist etwas Wichtiges passiert?“, fragte er nun und nahm den Kopf etwas zurück, um den Windsorknoten zu binden.

Ausdruckslos sah Fiona ihn an und erwiderte in dem dazu passenden Tonfall: „Ich bin auf Instagram.“ Dann schaute sie wieder auf ihr Gerät und schien schon vergessen zu haben, dass er überhaupt da war.

„Wie läuft's denn bei der Arbeit?“, fragte er hartnäckig weiter, doch ohne aufzusehen zuckte sie nur die Schultern.

„Wann beginnt denn heute deine Schicht?“ Allmählich kam er sich mit seinen Fragen blöd vor. Und noch blöder, als sie ihr Smartphone verärgert auf die Matratze pfefferte, sich aufsetzte und ihn wütend anfuhr:

„Was interessiert dich das überhaupt? Du gehst doch ohnehin jeden Tag nach der Arbeit zum Sport und bist um Punkt acht zum Essen zu Hause. Was spielt es denn da für eine Rolle, wann ich von der Arbeit komme?“ Ihre braunen Augen blitzten schneidend, und aufgebracht verschränkte sie die Arme vor der Brust.

Überrascht und verletzt war Calum zurückgewichen. In all den Jahren, die sie nun schon zusammen waren, hatten sie sich nie angeschrien. Zumindest nicht seit der Abiturfeier, auf der Fiona dachte, dass er mit ihrer damals besten Freundin Orla geknutscht hätte. Dabei hatte Orla alles nur erfunden. Calum hatte Fiona noch nie betrogen und würde es auch nicht tun.

Er sammelte sich ein wenig und stammelte: „Was ist denn los? Hab ich was falsch gemacht?““

Mit einem aufgebrachten Schnauben drehte Fiona sich weg und schüttelte ihren von Natur aus dunkelblonden Pagenkopf.

„Nein, hast du nicht. Das ist ja genau das Problem mit dir, Calum. Du *machst* nie etwas! Null, nada - nichts!" Fiona spuckte jetzt pures Gift. Verschreckt machte Calum ein paar weitere Schritte zurück und stieß dabei gegen den Türrahmen. Er verstand aber, was sie meinte, denn in den letzten Wochen hatte er wirklich nichts Romantisches mehr gemacht. Keine Einladungen in Restaurants oder zu Konzerten. Bei den geplanten Picknicks hatte es geregnet und im Kino lief aufgrund des Sommerlochs nichts. Seitdem sie nach Dublin gezogen waren, war er so eingespannt, dass sie kaum Zeit hatten, gemeinsam zu Abend zu essen. Da Fiona sich in hungrigem Zustand in ein bissiges Raubtier (beinahe so schlimm wie jetzt) verwandelte, wollte er nicht, dass sie auf ihn wartete. Er könnte auf den Sport verzichten, aber das … wäre eine schlechte Wahl. Denn ohne Bewegung würde ER sich in ein aggressives Raubtier verwandeln. Er brauchte die

Auszeit, um runter zu kommen, um sich lebendig zu fühlen, um das lange Sitzen ertragen zu können. Der Umzug hatte für sie beide alles verändert. Doch so sehr er auch für seinen Beruf und die damit verbundenen Aufgaben brannte, so rechtfertigte das nicht, dass er Fiona darüber vernachlässigte. Schließlich war sie nur seinetwegen hierhergezogen.

Als er sicher war, dass keine weiteren Verbalattacken mehr folgen würden, streckte er die Arme nach ihr aus und ging auf sie zu. Vor dem Bett kniete er nieder, nahm ihre Hände und sprach zu ihrer Wange, die halb von ihrem seidigen Haar bedeckt wurde: „Hey, Liebling, das tut mir echt leid. Hör mal …Warum bleibst du nicht liegen, so lange du kannst, und ich hole dir einen Croissant? Oder frische Eier mit Speck? Ich ...“ Seine Gedanken rasten; verstohlen warf er einen Blick auf seine Uhr und hielt kurz die Luft an. „Ich verschiebe mein Meeting, okay?“

Noch immer würdigte sie ihn keines Blickes, sondern starrte stattdessen lieber die Wand an. So hatte sie schon immer reagiert, wenn sie verärgert war. Schon damals, in der zehnten Klasse, als ein *Date* ein heimlicher Spaziergang in den Wäldern ihres Vaters gewesen war, die sich hinter seinen Weiden erstreckten. Schon damals hatte sie sich von ihm weggedreht, war stumm und angespannt neben ihm her getrottet oder hatte sich gesetzt und ihn so lange besänftigend auf sich einreden lassen, bis sie wieder versöhnlich gestimmt war. Der einzige Unterschied war, dass damals ein lieber Kuss auf die Wange oder eine Stange ihrer Lieblings-Custard-Kekse ausgereicht hatten, um die Sonne wieder scheinen zu lassen. Im Laufe der Jahre waren die Anforderungen für gutes Wetter jedoch stetig weiter gestiegen. Und diesmal, erkannte Calum, würde er sich noch mehr als sonst anstrengen müssen.

Mit einem angespannten Lächeln nahm er ihre Hände in seine, legte die Handflächen aneinander und drückte sie fest, bevor er aufstand und sagte: „Okay, ich bin gleich wieder da. Bleib, wo du bist. Ich bring dir das Frühstück ans Bett!" Er neigte den Kopf zur Seite und suchte vergeblich ihren Blick.

Hastig spurtete er die Stufen von ihrer Drei-Zimmer-Wohnung hinunter. Vergeblich versuchte er, nicht daran zu denken, wie wichtig sein Neun-Uhr-Meeting war und wie gravierend die Folgen seiner Absage sein konnten.

***

Vor langer Zeit hatte Calum einmal an Romantik geglaubt und alles Mögliche dafür getan, aber diese Zeit war vorbei. Er war überzeugt, dass diese Veränderung nichts mit Fiona zu tun hatte.

Mädchen-Aufreißen, neue, wilde Erfahrungen, all das hatte ihn nie interessiert; Fiona war immer genug für ihn gewesen. Genug für ein Leben, von dem er wusste, dass es einfach so bleiben musste, um ihn glücklich sein zu lassen. Er war eben durch und durch irisch. Keltisches Blut. Die Verbundenheit mit der Erde, dem Land und den Menschen, mit denen man aufwuchs. Treue und Loyalität. Daran hatten weder das Internet noch sein Beruf, die steile Karriere als Interessensvertreter des Bauernverbandes und jetzt die Selbstständigkeit mit seiner eigenen Agentur etwas geändert. Wenn er nicht als vierter Sohn von insgesamt sieben Kindern geboren worden wäre und somit kein Erbrecht auf den Hof seiner Familie hatte, wäre er Bauer geworden. Bio-Bauer, denn er hielt nichts von Chemie, genetisch verändertem Saatgut oder Massentierhaltung. Da ihm dieser Weg leider versperrt war, hatte er sich dafür entschieden, für die irischen Bauern zu kämpfen. Er wollte, dass kleine Bauern ohne Massenbetriebe eine Chance hatten. Er wollte faire Preise, zum Beispiel beim Einkauf von natürlichem Saatgut und beim Verkauf von Milch, Fleisch und Agrarprodukten. Er wollte erreichen, dass sich die kleinen Bauern gegen die großen Unternehmen auflehnen konnten, denn er wusste aus erster Hand, dass sie nur noch Marionetten in den Fängen internationaler Konzerne waren.

Da Fionas Verstand messerscharf und sie mit der Materie ebenfalls bestens vertraut war, hatte er sie ursprünglich zu seiner Partnerin machen wollen, doch sie hatte abgelehnt und sich dafür entschieden, auch hier in einem Pub zu arbeiten. „Du kennst mich doch! Ich bin überhaupt nicht wohltätig veranlagt!“, hatte sie ihm immer wieder vorgehalten und ihm nicht weiter zugehört. Dass es bei der Arbeit nicht um Wohltätigkeit ging, wollte sie nicht hören.

Aber da das *Dáil*, das irische Parlament, nun mal in Dublin angesiedelt war und sich alle wichtigen und einflussreichen Personen darum scharten, waren sie in die Stadt gezogen. Er mochte seine Arbeit, da er einen tiefen Sinn darin erkannte, und dass er nebenbei sehr gut verdiente, war ein willkommener Bonus, denn das bedeutete, dass Fiona zumindest in den ersten Jahren bei den Kindern zu Hause bleiben konnte. *Wenn die Kinder kommen*, dachte er sehnsüchtig und hoffte, dass das bald der Fall sein würde. Nur noch selten, so wie jetzt, bedauerte er es, im falschen Jahrhundert geboren worden zu sein. In einem Jahrhundert, in dem Technologie die Welt beherrschte und es nicht mehr reichte, von dem Ertrag der Arbeit seiner Hände zu leben. Statt Kühe zu melken, musste er im Anzug am Schreibtisch sitzen und einen einflussreichen Mann - selten eine Frau - nach dem anderen treffen. Statt bei der Arbeit das Rauschen und Brechen der Wellen an den Felsen zu hören, hörte er das stete Rauschen des Stop-and-go-Verkehrs. Nun, so war das Leben nun mal. Man konnte nicht alles haben, und immerhin war Fiona, seine wichtigste Verbindung zu seiner Heimat, hier bei ihm.

Er war froh, dass sie mit ihm gekommen war. Sie war immer liebe- und verständnisvoll gewesen und bestimmt war sie es auch jetzt noch, irgendwo tief in ihr drin. Die Stadt frustrierte sie bestimmt einfach genauso sehr wie ihn, das verstand er und würde es ihr nie vorwerfen, aber trotzdem sehnte er sich ab und zu nach einer Schulter, an die er sich lehnen konnte, und nach Armen, die ihm über den Kopf und Rücken streichelten. So, wie sie es früher getan hatte. Er vermisste ihr Verständnis, ihr Lachen, und die Tatsache, dass sie einmal etwas für ihn tat.

Sie waren in der gleichen Gegend aufgewachsen, auch ihre Eltern waren Bauern, und das, was für die Menschen dort am meisten zählte, waren Zuverlässigkeit, Treue und Beständigkeit. Schmetterlinge und der ganze Kram waren dabei nicht wichtig. Nicht mehr. Anfangs, als Teenager, natürlich schon. Aber nach fast zehn Jahren kannten sie jede Sommersprosse und jedes Muttermal auf der Haut des anderen in- und auswendig und das aufgeregte Kribbeln war einem warmen Glimmen gewichen. Nicht, dass das sonderlich wichtig gewesen wäre, wenn der große Rest gestimmt hätte.

Was hatte sie denn nur?, überlegte er zum x-ten Mal, als er die Haustür aufdrückte und mit seinen Einkäufen bepackt die Treppe hinaufging. Vielleicht sollte er doch auf den Sport verzichten oder weniger arbeiten … Aber was, wenn sie ganz einfach Dublin hasste? Er seufzte und schloss umständlich die Wohnungstür auf.

„Hey, da bin ich wieder!", rief er betont fröhlich. Er legte das frische Gebäck, die Orangen, den Speck und die Eier auf den Küchentisch und schaltete die Kaffeemaschine ein, die daraufhin laut brummte. Er wählte *Cappuccino extra groß* und schäumte die Milch auf.

„Coffee for the lady", sang er, in jeder Hand eine Tasse, und schob die Tür zum Schlafzimmer mit dem Fuß auf.

Keine Antwort. Das Bett war leer.

„Fiona?"

Er stellte die Tassen auf den Nachttisch und klopfte an die Badezimmertür. Kein Laut, keine Antwort – keine Fiona. Obwohl er genau wusste, dass es vergeblich war, schaute er im Abstell- und Wohnzimmer und auf dem Balkon nach ihr. Dann sank er kraftlos auf das Sofa. Fiona war einfach gegangen.

3 Susan

Richard saß an seinem schweren Schreibtisch aus Kirschholz, und Susan konnte nicht anders, als zu lächeln. Durch das große Fenster fielen Sonnenstrahlen und ließen seine silbernen Schläfen glänzen. Sein kantiges, beinahe viereckiges Kinn war, ebenso wie der Rest seines kühlen Gesichts, ordentlich glatt rasiert, und ohne es zu wollen, dachte Susan daran, wie weich sich seine Wangen an ihrer anfühlten. In Gedanken drückte sie einen Kuss darauf, bevor sie sich an ihn schmiegte. Nicht, dass sie das oft getan hätte; vielleicht ein oder zwei Mal, aber da in diesen Momenten so viel Vertrautheit und Zuneigung lag, hatten sie in ihrer Erinnerung einen wesentlich höheren Stellenwert inne.
Mit viel Schwung setzte Richard eine Unterschrift nach der anderen auf Dokumente, Anträge, Verträge und dergleichen. Das Blau seines Waterman-Füllers leuchtete dabei so intensiv wie das seiner Manschettenknöpfe. Alles an ihm strahlte Macht und Erfolg aus, was eine betörende - und leider toxische - Mischung für Susan darstellte. Der herb-frische Duft seines teuren Parfüms, der edle Stoff seines maßgeschneiderten Anzugs und nun – Susans Atem

stockte – der durchdringende Blick aus seinen Augen. Dieses tiefe, geheimnisvolle Grün gepaart mit stechender Schärfe und dem unbedingten Willen zum Sieg. Jäh durchflutete sie eine Welle des Verlangens. Nach seinem Körper, aber auch nach Anerkennung. Nur kurz streifte sein Blick die Frau, mit der er die vergangene Nacht verbracht und die ihm so viel Freude bereitet hatte.
Warum lächelte er nicht? Sie waren doch allein, niemand konnte sie sehen! Anders als gewöhnlich musste Susan sich heute einen Ruck geben, um neben ihn an den Tisch zu treten, damit sie die unterzeichneten Papiere an sich nehmen konnte. Als sie sie wie ein Schutzschild vor ihrer Brust hielt, fasste sie all ihren Mut zusammen, schüchtern zu sagen: „Du bist heute früh weg." Sie wusste zwar, dass er Beruf und Privates strikt trennte, aber die Unterhaltung mit Alexandra hatte etwas in ihr losgetreten, sodass sie einfach nicht anders konnte. Sie wollte endlich Antworten auf, zugegeben, noch ungestellte Fragen. Sie wollte wissen, wohin das Ganze führte.
Bedrohlich langsam hob Richard den Kopf, seine Augen waren kalt und er zog die Brauen so weit zusammen, dass sie eine Linie bildeten. Seine Lippen wurden schmal und blieben geschlossen. In seinen Blick lag eine Warnung, eine Zurechtweisung und - Verachtung.

Susan verstand. Sie versteifte sich und klammerte sich noch fester an die Unterlagen.
Als er den Mund schließlich öffnete, sagte er etwas völlig anderes: „Bring mir einen Tee.“ Die Stimme, aus der seine Gleichgültigkeit und Arroganz wie ein zäher Saft trieften, jagten ihr einen Schauder über den Rücken. War es wirklich die gleiche Stimme, die für sie immer der Inbegriff von Sexappeal gewesen war? In ihren Ohren rauschte es und in ihrem gesamten Körper waberte das Blut. Mit vor Schreck geweiteten Augen starrte sie ihn an, ihr Mund öffnete sich, aber kein Laut kam heraus. Vergeblich wünschte sie, er würde wenigstens lächeln. Doch in dem gleichen herrischen Ton fügte er nur: „Doppelte Menge“, hinzu und widmete sich wieder der Akte, die vor ihm lag.
Der Boden schien uneben und wackelig, als sie geschmäht zur Tür ging und diese leise hinter sich zuzog. Draußen schloss sie die Augen und atmete mehrmals tief durch. Erst dann ging sie auf zitternden Beinen zu ihrem Tisch, um die Papiere abzulegen, und von dort aus weiter in die Teeküche am Ende des langen Ganges, der mit einem marineblauen Teppich ausgelegt war und das Klacken der hohen Absätze schluckte.
Glücklicherweise war niemand außer ihr in der Küche, denn so konnte sie laut seufzen und sich mit beiden Händen solange an der Anrichte abstützen, bis

das Wasser kochte. Noch immer verstand sie nicht, was genau passiert war. Warum hatte er sie so erniedrigt und gekränkt? Was war mit ihm los? Sie hatte doch nur … ihre Grenzen überschritten. Das durfte sie nicht.

Das Wasser brodelte, der Kocher stellte sich ab und Susan gab vier Löffel Assam-Tee von Bewleys in den Filterbeutel und hängte ihn in die weiße China-Bone-Kanne. Sie goss ihn mit der doppelten Menge Wasser auf, sodass die Kanne ganz voll war, setzte den Deckel darauf und stellte die Küchenuhr auf sechs Minuten. Richard trank seinen Tee stark, schwarz, ungesüßt und so heiß, dass es dampfte und er nur daran nippen konnte. Er trank ihn nur so, nicht anders, und die Zubereitung seines Tees musste gelernt sein.

Während sie wartete, trat sie an das kleine Fenster und schaute in den Hinterhof.

War er wirklich anders gewesen als sonst? Nein, war er nicht. Er war - ihr Herz schlug ihr bis zum Hals - wie immer.

Seine Macht und unverhohlen zur Schau gestellte Kontrolle über sie hatte sie immer erregt. Warum nur? Hatte sie wirklich gedacht, dass eine derartige Behandlung eine besondere Auszeichnung wäre? Ein geheimes Zeichen von Begehren oder gar Liebe? Wieso fühlte sie sich heute plötzlich elend und klein,

wie ein Wurm, der sich auf dem Boden wand und den er mit der Schuhspitze wegstieß?
Aus irgendeinem Grund empfand sie heute keine Erregung, keine geheimnisvolle und unerklärliche Verbindung zu ihm. Da war keine Stimme, die ihr zuflüsterte, sie müsste sich nur noch mehr anstrengen, um sein Wohlwollen zurückzugewinnen, um seine Anerkennung zu verdienen, sondern pure Abscheu und eine tief sitzende, nagende Traurigkeit, die sich ihr ins Herz fraß. Sie spürte die Kälte, die sie so lange in sich getragen hatte, aus ihrer Seele strömen, und ein Schauer nach dem anderen lief ihr über den Rücken. Kalt und leer, das war die Welt, die sie wahrnahm. Gedämpfte Töne und keine Farben. Einsamkeit.
Wenn sie nach all den Versuchen, ihn von ihrer Liebe zu überzeugen, nichts dergleichen erreicht hatte – wie sollte sich dann jemals ein anderer Mann ernsthaft in sie verlieben? Sie ließ den Kopf hängen und schluckte die aufsteigenden Tränen hinunter. Wenn sie jetzt die Gedanken daran zuließ, dass etwas mit ihr nicht stimmen konnte, dass etwas in oder an ihr sein müsste, das sie so wenig liebenswert machte, wie sie unbestreitbar war, dann … Nein. Nicht daran denken!
Die Uhr klingelte. Pflichtbewusst zog sie den Beutel heraus, drückte ihn aus und warf ihn in den Eimer. Milch, Zucker, Süßstoff und Tassen standen immer auf dem Kaffeetisch im Büro bereit.

Wie eine gelernte Kellnerin trug sie das Tablett mit der Kanne zu seinem Büro, klopfte an und wartete auf sein „Herein", das kurz darauf herrisch ertönte. Mit einer Hand öffnete sie behutsam die Tür und schloss sie leise hinter sich, denn nur zu gut wusste sie, dass er laute Geräusche nicht ausstehen konnte.

Als sie nun aufsah, bemerkte sie eine elegante Frau, die ihm gegenübersaß. Nanu? In seinem Kalender war gar kein Termin eingetragen. Wieso hatte er nichts davon gesagt?

Von der Frau sah sie anfangs nur glänzend schwarzes Haar, das ihr in den schmalen Rücken fiel. Nur für einen Augenblick drehte sie sich zu Susan, musterte sie ausdruckslos in rasantem Tempo von Kopf bis Fuß und drehte sich dann wieder zu Richard. Sie musste um die vierzig sein, hatte Haut wie Porzellan und alles an ihr schrie vor Geld und Luxus. Die Seidenbluse, die lange Goldkette mit dem mit Edelsteinen besetzten Kolibri, die cremefarbene Hose, die rote Hermes-Tasche …

„Ist das deine Sekretärin?", fragte sie mit einer tiefen, samtigen und ruhigen Stimme, die verriet, dass sie es gewohnt war, von allen gehört zu werden. Dazu passte auch die Überheblichkeit, mit der sie so tat, als wäre Susan nicht anwesend.

Diese zitterte, als sie die letzten Schritte zu dem großen Schreibtisch zurücklegte. Sie kannte die

Frau von dem Foto neben Richards Computer: seine Ehefrau.

Sie versuchte, keinen von beiden anzusehen, als sie das Tablett abstellte. Da Richard nichts sagte, wusste sie nicht, was sie tun sollte, und so trat sie drei Schritte zurück, faltete die Hände vor ihrem Bauch blickte zu Boden und wartete.

„Ein Stück Zucker für Eleanor“, sagte Richard sachlich, ohne Susan anzusehen. Stattdessen lächelte er seine Frau auf eine Art an, die Susan neu war. Er lächelte anbiedernd, um seiner Frau zu gefallen. Da er keine Anstalten machte, selbst den Zucker in die Tasse zu geben, folgte Susan seinem Befehl, nahm mit der Zange einen Würfel und ließ ihn so ruhig wie möglich in den Tee gleiten.

Die Blicke seiner Frau brannten unterdessen auf Susan, der heiß wurde und die sich sicher war, dass sie von seiner Vorliebe für Sekretärinnen ahnte.

„Und einen Schuss Milch. Zwei Teelöffel“, sagte sie mit der gleichen autoritären Stimme wie ihr Mann, ohne ein Lächeln, ohne ein Bitte. Susans Hand zitterte, als sie die Tasse vor Eleanor Fitzgerald abstellte. Diese beugte sich darüber, hob den Blick, sah zuerst Richard, dann Susan abwertend an und behauptete: „Der Tee ist zu schwach.“

Wie konnte er zu schwach sein? Vier Löffel statt zwei, sechs Minuten statt drei! Überall das Doppelte der empfohlenen Menge!

„Mach einen neuen. Vier Löffel, und lass ihn diesmal sechs Minuten ziehen!", herrschte Richard sie an. Aus seinen Augen sprühte der Zorn, und Susan erschrak bis in die Knochen. Das war nicht nur eine Show für seine Frau, sondern echt. Doch da wandte er sich schon wieder seiner Frau zu und säuselte mit zuckersüßer Stimme: „Wie schön, dass du mich nach so langer Zeit mal wieder im Büro besuchen kommst, meine Liebste!", und Susan wurde schlecht.

Sich erniedrigt fühlend stellte Susan die Kanne und die Tassen zurück auf das Tablett. Eleanor klickte mit der Zunge, lehnte sich in dem bequemen Ledersessel zurück und verschränkte die Arme vor ihrer kleinen Brust. „Ich habe nicht den ganzen Tag Zeit, Richard. Um zwölf muss ich Tara vom Friseur abholen."

„Nur ein paar Minuten, Schatz, es dauert nicht lange. Du warst doch schon über ein Jahr nicht mehr hier."

Seine Frau drehte sich zu Susan; ihr Blick war ebenso scharf und vernichtend wie der ihres Mannes. „Sie haben es gehört: sechs Minuten! So schwer ist das nicht. Ich habe heute noch was vor!"

Als Susan endlich die gepolsterte Tür hinter sich schloss, war ihr, als würde sie jeden Moment explodieren. Noch nie zuvor war sie so gedemütigt worden wie eben. Nicht einmal am Anfang ihrer Affäre, als sie ihre Schäferstündchen noch in den vornehmen Hotels der Stadt verbracht hatten und eines Abends im Foyer eines dieser Häuser einem Bekannten Richards begegnet waren. Das schiefe Grinsen, der wortlose Blick und das Bände sprechende Zwinkern, das die beiden Männer getauscht hatten, war die größte Schmach ihres Lebens gewesen. Bis heute.

4 Calum

„Ich würde Ihnen gern sagen, dass Sie auf Ihr Herz hören sollten, aber ich muss leider erkennen, dass das scheinbar nichts mehr zu sagen hat, sondern dass das Einzige, was für Sie zählt, Geld ist." Calum strengte sich an, ruhig und sachlich zu bleiben, doch sein keltisches Blut brodelte unter seiner sonnengebräunten Haut. Am liebsten hätte er dem Kerl in seinen zynisch grinsenden Mund geschlagen. Was für ein ekelerregender Snob!

Richard Fitzgerald saß hinter seinem teuren, blank polierten Kirschholztisch, hatte sich überheblich in seinem Chefsessel zurückgelehnt. drückte die Fingerspitzen aneinander und studierte seinen Besucher mit scharfen, spöttischen Augen.

Es war das erste Mal, dass Calum dem Fiesling begegnete, aber er wusste, dass er zu den erfolgreichsten und skrupellosesten Anwälten Irlands zählte. So einen Ruf musste man sich erst einmal verdienen! Der eiskalte Schleimer hatte etliche Existenzen auf dem Gewissen und war gerade dabei, zig weitere zu zerstören, denn er war der Anwalt von *Freshzone*, dem führenden Lebensmittelhändler

Irlands. Selbstgefällig grinste er nun den jüngeren Mann an, der noch dazu eindeutig vom Land kam.

„Sie gehen viel zu sentimental an die Sache ran, Mr Doherty. Ich hingegen mache einfach meinen Job", ließ sich da seine überhebliche Stimme vernehmen. Mit diesen Worten kam er in seinem Sessel nach vorne, legte die Hände auf den Tisch und streckte seine langen, fein säuberlich manikürten Finger nach Calum aus.

Der biss die Zähne zusammen und spürte, dass seine Augenlider flatterten, als er den Kerl wütend anstierte. Er gab sich größte Mühe, äußerlich ruhig zu bleiben.

„Sie wissen aber bestimmt, dass der Wettbewerb für die kleinen Landwirte aussichtlos ist. Die Preise, die Freshzone fordert, sind ruinös. Sie liegen fast unter dem Preis, zu dem die Waren erzeugt werden können."

Fitzgerald schnaubte wie das sprichwörtliche hohe Ross, auf dem er saß. „Und Ihre Auftraggeber haben gewiss Anwälte, mit denen ich diese Unterhaltung lieber führen würde."

Zornig schüttelte Calum den Kopf. „Ich vertrete die Landwirte. Es steht mir zu, Gespräche in ihrem Namen zu führen. Also auch mit Ihnen."

Doch statt ein Gespräch auf Augenhöhe erntete er wieder nur ein mitleidiges Lächeln. Der schmierige Typ machte sich allen Ernstes noch über ihn lustig, während es ihm alle Kraft kostete, sich nicht vollends zur Weißglut bringen zu lassen!

„Mr Doherty, ich bin Anwalt, und Freshzone hat mich angeheuert, damit ich sie vertrete. Von daher erledige ich nur die mir übertragene Aufgabe. Und die besteht *nicht* darin, über *richtig* und *falsch* zu urteilen. Dafür sind Richter zuständig."

Dieser Fitzgerald sprach mit ihm wie mit einem kleinen Schuljungen! Natürlich hatte er recht, dass er als Anwalt kein Urteil - schon gar kein moralisches - fällen musste, aber er hätte es tun können, wenn er ein Mensch mit Herz, Gewissen und Verantwortungsgefühl gewesen wäre. Aber auch darum ging es nicht.

„Schauen Sie, Mr Fitzgerald", Calum blickte auf seine Beine, rutschte in dem ledernen Sessel hin und her und atmete tief ein, „Sie werden im ganzen Land als einer der besten Anwalt respektiert und gefürchtet. Wenn Sie sich weigern, Freshzone zu vertreten, dann wäre das eine starke Botschaft an den Rest der Industrie. Jeder würde begreifen, dass dieses Preisdumping nicht länger geduldet werden kann und uns *allen* schadet! Nicht nur den Bauern, sondern auch dem Land, der Natur, Umwelt und den Konsumenten, die irgendwann, in nicht allzu ferner Zukunft, nur noch industriell gefertigte Nahrung essen können!"

Von diesen Argumenten völlig unberührt erwiderte der Anwalt: „Ich bin aber keine Wohltätigkeitsorganisation, Mr Doherty, und ich sehe mich auch nicht dazu gezwungen, Exempel zu statuieren. Meine Aufgabe ist es, wie bereits erklärt, meinen Klienten die bestmögliche juristische Unterstützung zu bieten, und genau das mache ich auch für Freshzone."

Niedergeschmettert lehnte Calum sich zurück und sah den personifizierten Satan mit einer Mischung aus Resignation und Hass an. Er musste erkennen, dass er keine Chance gegen ihn hatte. Doch so schnell würde er nicht aufgeben.

„Noch mal: Freshzone verkauft ein Körbchen Erdbeeren für einen Euro, den Fünf-Kilo-Sack Kartoffeln für drei! Das sind unschlagbare Preise, die den gesamten Markt zerstören, weil die anderen Einzelhändler die gleichen Konditionen von den Bauern fordern. Freshzone beherrscht den Markt und zerstört die Bauern! Die Qualität sinkt, aber egal, wie viel Gift und Chemie man zusetzen würde, die Bauern würden immer noch draufzahlen. So kann es nicht weitergehen! Mr Fitzgerald, diese Preispolitik zerstört die Grundlagen des Landes!"

„Aber das gilt doch nur für den Sommer, Mr Doherty. Im Winter steigen die Preise wieder und dann können sich alle entspannen." Herablassend grinste Mr Fitzgerald und legte die Handflächen aneinander.

„Ja, aber im Sommer wird der größte Umsatz gemacht, wissen Sie das denn nicht?“, fuhr Calum ihn an und hieb mit der Faust auf den Tisch. Überrascht weiteten sich Mr Fitzgeralds Augen, bevor er sie verengte und seinen Besucher mit Blicken erdolchte. Calum spürte, dass er zu weit gegangen war, und befürchtete, dass er jeden Moment in hohem Bogen aus dem Büro geworfen werden würde. Doch das war egal, denn Calum war entschlossen, seinem Anliegen Gehör zu verschaffen. Er war dazu bestimmt, die Interessen der Bauern zu vertreten und für sie zu kämpfen. Und genau das würde er tun!

In die angespannte Stille hinein klopfte es leise an die Tür, woraufhin beide Männer dorthin schauten.

„Herein!“, herrschte der Anwalt, die Tür öffnete sich und eine junge Frau mit langem, blondem Haar trat ein.

Die Frau trug ein Tablett mit Tee und hübsch arrangierten, kleinen Gebäckstücken. Ihre weichen Schritte sanken trotz der unglaublich dünnen, hohen Absätze geschmeidig in den tiefen Teppich. Ihre Beine waren schlank und durchtrainiert, ihre schmalen Hüften schwangen beim Gehen leicht. Sie hielt den Blick gesenkt und strahlte eine so feine Verletzlichkeit und Weiblichkeit aus, dass Calum in seinen Kragen greifen und den Krawattenknoten lockern musste. Selbst er, der normalerweise gegen weibliche Reize immun war, erkannte sofort, wie unglaublich attraktiv sie war. Und wie stark sie auf ihn wirkte. Es war, als würde die Luft plötzlich summen und sie die schlechte Energie vertreiben.

Behutsam stellte sie das Tablett auf den Tisch und sah scheu auf. Blau. Strahlend blau. So blau wie das Meer an einem sonnigen Tag ohne Wind. Ihre Haut schimmerte samtig, und allein bei ihrem Anblick wusste er, wie weich und zart sie sich unter seinen Fingerkuppen anfühlen würde.

Die weiße Seidenbluse schmiegte sich an ihren üppigen Busen, der blaue, knielange Rock um ihre Schenkel und ihren Po.

Calum schluckte trocken und drehte sich zum Fenster. „Ich bin nicht zum Teetrinken hier, Mr Fitzgerald“, sagte er schließlich heiser.

„Dann nehmen Sie eben nur ein Stück Gebäck“, antwortete Richard Fitzgerald gleichgültig, nahm sich selbst eins und schaute seiner Sekretärin - denn das war sie zweifelsohne - beim Eingießen des Tees zu.

Auch Calum konnte sich den sanften Bewegungen, unter denen so viel Anmut und Anspannung verborgen lag, nicht entziehen. Ihre Hände waren zart, klein und wunderschön gepflegt, ihre fülligen Lippen schimmerten verführerisch in einem Dunkelrosa. Sie selbst vermied es, einen der Männer anzusehen, und konzentrierte sich stattdessen auf die Teezeremonie, die Calum an einen historischen Film erinnerte, denn die Bewegungen, die Ergebenheit und Gefasstheit der Frau, aber auch die Arroganz und selbstherrliche Art ihres Arbeitgebers schienen aus einer anderen Zeit zu stammen.

Er riss sich von Susan los und schlug in geschäftlichem Ton vor: „Ich würde lieber weiter diskutieren."

„Das können wir auch, während ich esse und Tee trinke."

Calum holte hörbar Luft, bevor er sich dazu durchrang, die Sekretärin ebenfalls zu ignorieren. „Während Sie also hier sitzen, Croissants essen und Tee trinken, gibt es in Irland unzählige Bauern, die ihr Vieh, das Land und die Höfe verkaufen müssen, nur damit sich Menschen wie Sie noch ein Luxusauto kaufen können! Das kann doch nicht sein!"

Überrascht oder erschrocken hob die Frau den Kopf und blickte Calum mit offenem Mund an. Doch nur einen Augenblick lang. Sofort widmete sie sich wieder dem Tee, während Richard Fitzgerald sich zurücklehnte und Calum aufgebracht anstarrte.

„Sie kommen jetzt besser auf den Boden zurück, Mr Doherty. Der beste Rat, den ich Ihnen und Ihren Klienten geben kann, ist, sich der Realität zu stellen. Wir leben nicht mehr in einem Agrarzeitalter, sondern in einem der Industrie und IT. Das ist das Leben, das wir alle für uns gewählt haben. Und weder Freshzone noch ich tragen Schuld an dieser Entwicklung“, spottete der Anwalt und riss seiner Sekretärin die Tasse aus der Hand, die sie gerade vor ihm hatte abstellen wollen.

„Himmel Herrgott noch mal, verdammt, Susan!“, brüllt er und sprang auf, da sich der Inhalt der Tasse über sein Jackett und Hemd ergossen hatte. „Pass doch einmal auf!“

„Ich mach das schon“, flüsterte sie dünn, hielt das Hemd gestrafft und tupfte mit der Serviette darauf herum. „Feuchttücher?“, fragte sie, doch ihr Chef reagierte nicht.

„Geh weg, du dummes Ding!“, fauchte er sie stattdessen an. „Ich brauche das Hemd für die Sitzung um halb drei im Four Courts!“

„Ich hole ein frisches“, antwortete sie schwach und wich zurück. „Es sind noch zwei da.“

Es war offensichtlich, wie nervös sie war und dass sie kurz davor stand, in Tränen auszubrechen. Kein Wunder, bei dem Chef! Ihre Lippen und Wangen zitterten bereits gefährlich, trotzdem hielt sie die Hände artig vor ihrem Schoß verschränkt.

„Geh weg!“, zischte Mr Fitzgerald, und der Zorn, der in Calum tobte, wurde zu einem Orkan.

„Das ist genau das, was ich meine, Mr Fitzgerald", hörte Calum sich sagen. „Sie haben keine Ahnung davon, wie man Menschen mit Respekt oder Mitgefühlt behandelt."

Die Worte fielen wie Stecknadeln in eine absolute Stille.

Die Luft war geladen wie vor einem längst überfälligen Gewitter.

Langsam hob Susan den Kopf und starrte Calum mit weit aufgerissenen Augen ungläubig an.

Mr Fitzgeralds Stimme bebte, als er schrie: „Ich beschäftige mehr als zweihundert Menschen in meinen Kanzleien. Das sind zweihundert Menschen, denen ich jeden Monat ein Gehalt bezahle und für deren Lebensunterhalt ich verantwortlich bin. Von wie vielen Menschen können Sie das behaupten, Mr Doherty?" Er spuckte den Namen wie bittere Galle in den Raum.

Calums Ohren wurden heiß, und er wusste nicht mehr, was er tat.

„Das alles ist keine Entschuldigung dafür, wie Sie Ihre Sekretärin behandeln. Und aus der gleichen Arroganz heraus kümmern Sie sich einen Dreck um Ihre Landsleute, die Bauern. Für Sie zählen einzig und allein nur Sie selbst!"

Fassungslos schnappte Richard Fitzgerald nach Luft, starrte Calum an, schüttelte dann den Kopf und lachte verächtlich. „Für so junge Gutmenschen wie Sie ist es leicht, herumzulaufen, Wein zu predigen und die Welt mit süßen Worten, aber keinem blassen Schimmer von der Wirklichkeit, ändern zu wollen. Ich schlage vor, wir unterhalten uns weiter, wenn Sie erwachsen geworden sind." Noch immer lächelte der Anwalt, eiskalt, und versuchte dann wieder, den Teeflecken mit der weißen Serviette aus dem Hemd zu saugen. Dabei war klar, dass dieses Unternehmen aussichtslos war.

Calum ballte die Fäuste in dem Versuch, sich zu beruhigen und nichts Unüberlegtes zu tun. Doch genau das tat er, denn schon wieder redete er, ohne zu wissen, was er sagte: „Würden Sie gerne bei mir anfangen, Ms Susan?", fragte er mit einem herausfordernden, aber sanften Blick.

Susans Augen öffneten sich ebenso wie ihr Mund, aus dem jedoch kein Laut drang.

„Was immer Sie damit beweisen wollen, Mr Doherty", ließ sich Richard Fitzgerald vernehmen, „es wird nicht funktionieren."

Calum wusste, dass sein Angebot absolut verrückt war, aber er wusste nicht, wie er sich aufhalten konnte.

„Mr Fitzgerald! Gerade Sie sollten das Arbeitsrecht doch besser kennen als ich. Das sieht nämlich vor, dass jeder Mensch seinen Beruf und seine Arbeitsstelle frei wählen kann. Alles, was ich hier tue, ist, Ms Susan ein Angebot zu unterbreiten, über das sie selbst entscheiden kann."

Susan schloss den Mund und schaute wieder zu Boden. Stumm flehte er sie an, auf der Stelle Ja zu sagen, und tatsächlich schaute sie ihn verstohlen an.

„Nun, Ms Susan? Würden Sie gern bei mir anfangen? Ich verspreche Ihnen, dass ich Ihnen nicht die Schuld an meinen Fehlern in die Schuhe schieben, sondern dass ich Sie mit Respekt behandeln werde."

Da, plötzlich und unerwartet, verzogen sich ihre Lippen zu einem Lächeln, das rasch immer breiter und heller wurde. Es erfasste ihr gesamtes liebliches Gesicht und ließ Sterne in dem Blau ihrer Augen tanzen. Calum schluckte und vergaß für einen Moment, wo er war.

„Ja, das würde ich sehr gerne", antwortete sie mit einer weitaus kräftigeren Stimme, als er erwartet hätte. Sie straffte die Schultern, und ihre Schönheit ließ den Raum leuchten und sein Herz schneller schlagen.

„Wunderbar! Dann haben wir ja alles besprochen. Vielen Dank für den Tee und das Gebäck, Mr Fitzgerald", beendete Calum in einem irrsinnigen Siegesrausch das Gespräch und drückte sich aus dem tiefen Sessel hoch. Auch wenn ihm der Triumph nichts Nachhaltiges bringen würde, so genoss er doch den heillos perplexen Gesichtsausdruck seines

Kontrahenten, dessen Farbe sich gerade ungesund lila verfärbte.

5 Susan

Susan strengte sich an, mit dem Westiren mitzuhalten, denn dass er von dort stammte, war unüberhörbar. Sie war ihm zu dem belebten Grand Canal Kai gefolgt, wo eine frische Brise vom Liffey her wehte, aber zumindest schien die Sonne und die Strahlen prickelten auf ihrer Haut.

Sie hatte keine Ahnung, wer der Mann vor ihr war und ob sie sein Angebot ernst nehmen konnte. In Richards Kalender hatte nur „Calum Doherty" gestanden, aber da sie den Termin nicht selbst eingetragen hatte, wusste sie nichts über sein Anliegen oder seinen beruflichen Hintergrund.

„Mr Doherty!", rief sie in einem Versuch, auf sich aufmerksam zu machen und ihn sein Tempo drosseln zu lassen. Es war kurz nach zwei Uhr und die letzten Angestellten waren auf dem Rückweg von einem späten Lunch in ihre Büros. Behände wuselte der Hüne sich durch die dichten Menschenmassen, und schon fürchtete sie, ihn zu verlieren, als er doch stehen blieb und sich zu ihr umdrehte. Das alles geschah so schnell, dass sie gegen ihn prallte.

„Sagen Sie ruhig Calum zu mir", waren seine ersten Worte und seine grauen Augen schienen

Löcher in ihr Gesicht zu brennen, so intensiv war sein Blick.

„Okay, Calum. Ich bin Susan“, sagte sie mit einem zaghaften Lächeln. „Wohin gehen wir denn?“ Sie war zwei Schritte zurückgetreten und wusste nun mit Bestimmtheit, dass das, was sie an ihm irritiert hatte, nichts mit seiner Person zu tun hatte, sondern daran lag, dass er sich in dem sichtlich nicht maßgeschneiderten Anzug unwohl fühlte. Der Stoff war an den Schultern zu weit und an den Ärmeln ein wenig zu lang, dafür hätte die Hose eine Spur enger sein dürfen. Gut, sie war sehr anspruchsvoll, war sie doch nur noch von Männern in maßgeschneiderten Anzügen umgeben. Der Anzug passte ihm nicht schlecht, um ehrlich zu sein, und das ganze Thema war ohnehin bedeutungslos, denn alles an ihm unterschied sich deutlich von Richard und seinesgleichen. Und ein Mann war mehr als sein Anzug! Das wusste sie, und nun, da der große Kelte vor ihr stand und sie so ehrlich anschaute, erkannte sie, wie sehr sie sich von Richard hatte blenden lassen.

In Calum brannte wahre Leidenschaft und sein Gesicht war noch nicht verhärmt, seine Stimme klang noch nicht bitter und seine Worte waren noch nicht zynisch ... „Streich das nicht“, dachte Susan und musste lächeln.

So verwirrt, wie er sie anschaute, fühlte sie sich selbst. Oder noch mehr – denn schließlich hatte sie gerade ihren Job an den Nagel gehängt und ihre Affäre gleich dazu! Und das, obwohl sie nicht einmal sicher wusste, ob Calum nur einen Witz gemacht oder sein Angebot ernst gemeint hatte.

Sie war mit ihrem Tee in eine so hitzige Diskussion geraten, wie sie es selten erlebt hatte, und Calum hatte sich keinen Deut um die geschäftlichen Gepflogenheiten geschert. Bestimmt hatte noch nie jemand Richard so deutlich die Meinung gesagt. Der Mann setzte sich für seine Werte ein, Werte, die gut waren, und das imponierte ihr. Aber vielleicht war Calum ein Hitzkopf, der Richard einfach eins hatte auswischen wollen! Und nun stand sie da – wortwörtlich auf der Straße!

Offensichtlich stand er völlig neben sich. Verlegen fuhr er sich mit einer Hand durch sein leicht gewelltes und sicherlich sehr weiches, braunes Haar. Wie groß seine Hände waren! Bestimmt von der vielen Arbeit mit den Pflanzen und Tieren, dachte sie. Längst vergessene Bilder ihrer Kindheit und Jugend flackerten in ihr auf, und eine eigenartige Wehmut überkam sie.

„Wenn ich das wüsste! Sorry, es tut mir echt leid, aber ich brauche ein bisschen Zeit zum Nachdenken", gestand er, drehte sich wieder um und ging weiter. Susan folgte ihm, denn schließlich blieb ihr sonst nichts anderes übrig. Ihr Herz schlug heftig, sie spürte es bis in den Hals und in die Ohren. Beging sie gerade einen enormen Fehler? Konnte sie noch umdrehen, sich wieder an den Schreibtisch setzen und so tun, als hätte sie nur kurz etwas erledigt? Ein schrecklicher Schauer lief ihr über den Rücken. Sie würde Richards höhnisches Gesicht und seinen bissigen Kommentar nicht ertragen können. Nein, es war unvorstellbar, weiter für ihn zu arbeiten!

„Mr Doherty! Calum!", rief sie erneut und ziemlich verzweifelt in seinen breiten Rücken. Er war bestimmt fast 190 cm groß und sehr sportlich. Seine Schultern waren breit, sein Rücken stark und der Stoff seiner Hose spannte bei jedem Schritt über seinem strammen Hintern. Seine Haut war so braun, wie sie nur braun sein konnte, wenn jemand über viele Jahre viel Zeit in der Sonne verbracht hatte. Der Anzug stand ihm, aber sie ahnte, dass er in einer Jeans und einem Holzfällerhemd oder weiten T-Shirt noch besser aussehen würde. Einfach deswegen, weil er sich darin wohler fühlte.

Erneut blieb er stehen und drehte sich zu ihr um.

„Ja?", fragte er und verzog ein wenig genervt das Gesicht.

„Um was für eine Art von Arbeit handelt es sich denn? Sind Sie - bist du auch Anwalt?"

„Nein, ich bin ein Lobbyist und vertrete die Interessen der kleinen Landwirte." Er seufzte und fuhr sich mit den Handflächen über sein markantes

Gesicht. „Es ist nicht so leicht, weil ich gerade erst anfange. Schau, Susan, ich brauche ein bisschen, bis ich mich wieder beruhigt und gesammelt habe. Es tut mir leid, dass ich dich da mit reingezogen habe." Er fuhr sich weiter durch das dichte Haar und schaute Susan aus warmen, blauen Augen an, die sie ehrlich um Verzeihung baten.

Susan erwiderte seinen Blick, und die Erkenntnis, dass er keine Stelle für sie hatte, fiel schwer wie ein Stein auf sie. Würde er ihr das jetzt oder erst in ein paar Tagen deutlich sagen? Dabei hatte sie schon begonnen, sich auf die Zusammenarbeit mit ihm zu freuen!

Natürlich war sie niemals so dumm gewesen, zu glauben, dass Richard tagein, tagaus nur Gutes tat. Ja, die Tatsache, dass er vor wenig zurückschreckte und sich so rücksichtslos und gerissen durchsetzte, hatte sie anfangs sogar beeindruckt und angezogen. Aber nun, da sie gehört hatte, wie er auch mit anderen Menschen umsprang und dass er nicht mal mit der Wimper zuckte, wenn er erfuhr, dass er dazu beitrug, die Existenz zahlloser Landwirte zu zerstören, widerte sie an. Die Landwirtschaft hatte über Jahrhunderte die Grundlage Irlands gebildet, und natürlich war es auch heute noch enorm wichtig, dass es sie gab, und zwar auf eine gesunde, nachhaltige Weise. Dass Richard das nicht begriff oder es ihm egal war, stärkte ihren Hass auf den eiskalten, geldsüchtigen Ex-Liebhaber. Dabei wusste sie genau, dass Richard nichts für den *kleinen Mann* übrighatte und voll Selbstgefälligkeit auf wirtschaftlich wenig erfolgreiche Menschen hinabschaute. Siedend heiß durchzuckte sie die Frage: Hatte er auch sie deswegen geringgeschätzt?

„Dann ist es wohl besser, wenn ich ins Büro zurückgehe, oder?", fragte sie gefasst, presste die Lippen aufeinander und schaute fragend zu ihm auf. Trotz ihrer hohen Absätze überragte er sie immer noch gut um einen Kopf; der Mann war wirklich ein Hüne! Er machte einen Schritt auf sie zu, sodass sie nur noch eine Handbreit von seiner breiten Brust getrennt war. Sein Brustkorb hob und senkte sich, und eine völlig unangebrachte Regung durchflutete ihren Körper. Nicht schon wieder!, dachte sie panisch und schloss die Augen.

„Nein, Sie arbeiten jetzt für mich. Ich stehe zu meinem Wort. Hier, bitte, das ist meine Karte", sagte er und zog eine dunkelgrüne, samtige Visitenkarte aus seinem Portemonnaie. *Emerald Land Consulting*, stand in schön geschwungenen silberfarbenen keltischen Buchstaben darauf. „Seien Sie am Montag um halb zehn da. Bis dahin habe ich mir etwas überlegt." Etwas, das wie der Versuch eines Lächelns wirkte, huschte über sein Gesicht.

„Ähm, ja, gut, vielen Dank. Aber wollen Sie denn gar nichts über meine Qualifikationen wissen?", fragte sie ungläubig. „Ich bin ..."

„Schon gut. Ich habe Sie gesehen und ... Wie lange haben Sie für Fitzgerald gearbeitet?"

„Über ein Jahr."

„Über ein Jahr. Also, wenn er Sie eingestellt und so lange behalten hat, können Sie nicht auf den Kopf gefallen sein, und das ist das Entscheidende."

Susan traute ihren Ohren kaum. Sie fühlte sich schwach und leer und wäre doch fast lieber zurück an ihren alten Schreibtisch geflüchtet. Wenn der wüsste, dass ich kaum mehr getan habe, außer Tee zu kochen und die Beine breit zu machen!

„Dann bis Montag, Susan. Schönes Wochenende", fügte er hinzu und reichte ihr die Hand.

„Dir auch", brachte sie hervor, denn das Gefühl, das sich in ihr ausbreitete, als sich seine große, starke und überraschend weiche Hand um ihre schloss, war definitiv mehr, als sie für einen Chef empfinden sollte. Hoffentlich würde sie ihn nicht mit ihren nicht vorhandenen Qualifikationen enttäuschen und hoffentlich würde sie bis Montag ihre Gefühle in den Griff bekommen!

Erst, als er sie längst losgelassen hatte und fortgegangen war, fiel ihr auf, dass sie Richard womöglich nie wiedersehen würde. Wenn sie jetzt zurückging, um die Kündigung zu schreiben und ihre Sachen zu holen, wäre er sicherlich schon auf dem Weg zum Gericht. Nie mehr Richard! Wer hätte das vor fünfzehn Stunden gedacht!

Vielleicht konnten manche Dinge wirklich so einfach sein.

***

„Was machst du denn hier?“, zischte Alexandra zwischen zusammengepressten Zähnen hervor, da sie gerade dabei war, eine Kundin vom Kauf von „Tränen auf Rosenblättern“ zu überzeugen.

„Das glaubst du alles nicht!“, wisperte Susan atemlos und gab ihr durch ein Handzeichen zu verstehen, dass sie ihr gleich alles haarklein erzählen würde. Dafür mussten sie allein sein, und offensichtlich brauchte die Kundin den Rat einer Außenstehenden. Um also allen drei anwesenden Frauen das Leben zu vereinfachen, zeigte Susan auf das Buch mit dem bezaubernden Cover und behauptete kess: „Wenn Sie das noch nicht gelesen haben, dann *müssen* Sie das unbedingt so schnell wie möglich tun! Es ist einfach hinreißend. Noch dazu ist Jordan Travers gar keine Frau, sondern …“

„Susan!“, unterbrach Alexandra ihre Freundin lachend, doch als sie merkte, dass diese die geballte Aufmerksamkeit der potenziellen Kundin hatte, ließ sie sie sofort weitermachen.

„... sondern ein Mann! Und stellen Sie sich das mal vor: Eine Frau, die Liebesromane von Grund auf verabscheute, hat es gelesen und sich daraufhin in ihn verliebt! Und jetzt sind sie verheiratet!"

Sichtlich überwältigt von so viel Energie schaute die Kundin Susan an und grinste immer breiter.

„Also, nehmen Sie es und nehmen Sie sich für das Wochenende nichts vor, denn Sie werden es nicht mehr aus der Hand legen können, das versichere ich Ihnen!"

„Wirklich?", staunte die braunhaarige Frau mit walisischem Akzent und kicherte. „So gut ist das?"

„Oh ja, absolut. Der Autor stammt übrigens auch aus Wales."

„Na, wenn das so ist, dann muss ich es ja kaufen!", fand die Frau lachend, folgte Alexandra zur Kasse und zog wenig später die Tür von draußen zu.

„Susan! Du bist mir ja eine! Ich wusste gar nicht, dass du es gelesen hast."

„Hab ich auch nicht. Noch nicht. Aber vielleicht sollte ich es ... Genau! Richtige Liebe. Pack mir eins ein."

"Susan?", fragte Alexandra mit hochgezogenen Brauen. „Ist alles in Ordnung?"

„Was? Nein. Überhaupt nicht. Ganz und gar nicht. Oder doch. Das heißt, ich weiß es einfach nicht. Also, die Sache ist die, dass …“
„Sag mal: Warum bist du überhaupt um diese Uhrzeit hier? Hat Richard dich wegen guter Leistung früher gehen lassen?“

„Ähm, nein, nicht so direkt, also … Richard ist Geschichte.“

„Waassss?“, kreischte Alexandra, riss Mund und Augen auf, ging in die Knie und legte beide Handflächen an ihre Wangen. „Sag das noch mal. Sag das noch mal!“; schrie sie und hüpfte in die Luft.

„Ja, du hast richtig gehört! Richard ist nicht mehr. Und das kam alles so …“

Während sie die unglaublichen und sich überschlagenden Ereignisse des Tages schilderte, quiekte Alexandra in einer Tour, auch zwickte und tätschelte sie Susan pausenlos, was dazu führte, dass beide schließlich völlig außer Atem waren.

„Das ist ja wirklich unglaublich. Einfach zu gut, um wahr zu sein! Und du bist dir ganz sicher, ja?“, bohrte Alexandra nach. „Du willst ihn nicht mehr, nie wieder?“

„Hundertprozentig. Absolut. Ich sag‘s dir, es tut so gut, dass ich endlich erkannt habe, was für ein Ar… entschuldige, miese Ratte er ist, dass es mir wie eine zentnerschwere Last von den Schultern fällt.“

„Och, Susan“, gurrte Alexandra und schlang beide Arme um sie. „Das ist die beste Nachricht überhaupt! Du kannst dir gar nicht vorstellen, wie froh ich bin. Mir fällt auch eine ganze Klippe von Moher vom Herzen!“

„Hihi, das ist gut!“, kicherte Susan und überlegte sich, dass Calum aus der Nähe der weißen Klippen kommen musste.

„Was? Schon zehn vor sechs? Dann mal los!“, rief Alexandra mit einem Blick auf die Uhr und machte sich sofort daran, die Kasse abzurechnen und alles für den Feierabend vorzubereiten. „Willst du dein Gepäck mitnehmen oder hier lassen?“, fragte sie und zeigte mit dem Kinn auf Susans Ledertasche. „Was hast du denn da überhaupt alles drin?“

„Na, du weißt doch … Richard“, kicherte Susan und fühlte sich mit einem Mal so leicht wie eine Feder, die im Sommerwind durch milde Lüfte trieb. Sie nahm den Griff der Tasche, in der sich die Utensilien für ihre Liebesnacht, die noch keine zwölf Stunden her war, sowie ihre persönlichen Dinge aus dem Büro befanden.

„Also, ich würde sagen: mein früheres Leben?“, prustete Susan los und schwang sich die Tasche über die Schulter. „Ich nehme sie mit. Die Zucker-Zwillinge arbeiten heute nämlich bis neunzehn Uhr, weil Sonya krank ist. Lass uns doch dort vorbeischauen, da kann ich das Monstrum ja immer noch stehen lassen, falls wir nicht vor dem Morgengrauen in unserem Palast aufschlagen sollten“, schlug sie ausgelassen vor, breitete die Arme aus, vollführte eine halbe Drehung und dehnte genüsslich das L in *Palast*.

„Guter Plan, dann mal los!“, stimmte Alexandra freudig zu, schloss die Tür ab und ließ das altmodische Eisengitter ratternd herunter.

„Die Jungs kommen übrigens auch, ich habe sie schon informiert!“

„Na, da kann ich ja gar nicht anders, außer ja zu sagen!“, antwortete Alexandra lachend, legte den Arm um Susans Schultern und zog sie glücklich seufzend an sich.

„Du hast waaas?“, kreischten die Zwillinge genau wie kurz zuvor Alexandra, und da gerade ein zerzauster Rick und Harper das Café betraten, konnte Susan mit leuchtenden Augen gleich allen jedes Detail erzählen.

Die Freunde hatten einen Kreis um sie gebildet und überschlugen sich mit „Ich glaub's noch immer nicht“-Rufen, Glückwünschen, Umarmungen und schließlich dem Verlangen nach „etwas zum Anstoßen“.

Marina, die zweite Aushilfe, rotierte bereits und warf den Zwillingen flehende Blicke zu, denn gerade war

eine Schar Touristen hereingekommen und bestellten aufwendige kalte Kaffeespezialitäten.
„Nehmt euch erst mal kalte Getränke. Wir müssen mal wieder", erkannte Natalie und erkundigte sich bei einem hoch gewachsenen Mann mit bitterschokoladenbraunem Haar nach seinen Wünschen.
„Ich hab ganz schön Hunger", seufzte Rick, „Ihr nicht?"
„Doch, und wie, jetzt, da du's sagst!", fiel es auch Susan auf und wie auf Kommando knurrte ihr Magen. „Ich glaube, ich habe den ganzen Tag noch nichts gegessen."
„Nicht. Im Ernst. Seit …"
„Das letzte Mal gestern Abend mit Richard!", entfuhr es ihr. Entgeistert starrte sie ihre Freunde an.
„Das gibt's nicht. Mensch, Susan! Hau rein! Lass es dir schmecken, iss endlich mal, was du willst, du fällst eh gleich vom Fleisch!" Das war Harper, der sich immer ein wenig um Susan sorgte, seitdem sie letztes Jahr seinem Täuschungsmanöver auf die Schliche gekommen war.
„Was willst du?", rief Rick und sprang auf. „Es gibt noch Schokoladentorte, Genovesi, Cannelloni, Apfelkuchen, mhm … Schwarzwälderkirsch …"
„Die nehm ich!"
Harper, dem die Zwillinge das Rezept verdankten, bestellte gleich den ganzen Rest der Torte, und kurz

darauf verfolgten alle erfreut, wie sehr Susan die Torte genoss.

„Himmel, ist das gut!“, seufzte sie und verdrehte die Augen. „Es ist eine Ewigkeit her, dass ich Süßes gegessen habe.“

„Eine Sünde“, urteilte Melanie, die zu ihnen gekommen war, legte ihr die Hand auf die Schulter und lockerte dann ihre Schürze. Natalie schloss breit grinsend hinter dem Schoko-Haar-Mann ab, der sich noch mal nach ihr umdrehte und winkte.

„Jawohl!“, juchzte sie. „Wir haben ein Date, Schwesterherz! Heute Abend im Village!“

„Wie, was, wer?”, fragte die kopfschüttelnd.

„Na, da gehen sie hin und wollen uns sehen“, grinste Natalie noch breiter und warf die Hände in die Luft. „Euch natürlich auch“, fügte sie gönnerhaft zu den anderen gewandt hinzu und kicherte.

„Die waren heute schon zwei Mal hier“, erklärte Melanie schmunzelnd.

„Vielleicht werden ja heute noch zwei Frauen glücklich!“, meinte Harper und verzehrte den Rest der Torte.

„So, nun, Susan, du Glückskind! Zur Feier des Tages, zur Feier deines zweiten Geburtstags … tatatata!“ Melanie zog eine Flasche Moet hervor und hielt sie triumphierend in die Luft. „Die war ein Geschenk an uns. Auf dich!“, jubelte sie und ließ den Korken knallen.

„Auf dass der nächste Mann der Richtige ist!", „Nicht wieder dein Chef ist!", „Ledig ist!", prosteten alle durcheinander.
Ja, ja, nicht wieder dein Chef ist, schoss es Susan durch den Kopf und ihre Wangen wurden heiß.
„Aber nun sag mal, wie ist dieser Mr Doherty denn so?", wollten die Zwillinge wissen, die nur wenig von der Geschichte mitbekommen hatten. Susans Gesichtswärme steigerte sich, und verlegen nahm sie noch einen Schluck, bevor sie auf ihre Hände schaute.

„Nett ist er. Aus dem Westen. Die Eltern haben, oder hatten, einen Bauernhof, und er macht sich für die Interessen der kleinen Landwirte stark."

„Oh, wow … Das klingt toll. Aber wie sieht er aus?", hakte Melanie nach und stieß sie kichernd mit dem Ellbogen an.

„Ach, ganz normal, glaube ich …", wich Susan aus und schaute aus dem Fenster.
„Mensch, Mel, das ist doch vollkommen egal. *Keine Chefs mehr,* schon vergessen?", erinnerte Natalie ihre Schwester.
Nein, nicht vergessen. Ganz großes Memo in Fett- und Leuchtbuchstaben: keine Chefs mehr.
Das Gefühl, als er vor ihr gestanden und ihre Hand gehalten hatte, gehörte sich nicht. Sie hatte 62 Stunden, um diese albernen Schmetterlinge zu erledigen.

6 Calum

Calum brauchte ein Bier. An jedem anderen Tag wäre er ohne lange zu überlegen in ein Pub gegangen, hätte Fiona Bescheid gesagt und sie wäre entweder zu ihm gekommen, hätte ihm „freigegeben" oder er wäre nach einem oder zwei Pints nach Hause gegangen. Aber heute war alles anders und er befand sich bereits auf dem Heimweg nach Blanchardstown, einem weitgehend charmelosen Vorort im Norden der Stadt. Fionas kaltschnäuziges Verschwinden am Morgen saß ihm noch immer in den Knochen, und dass er einer wildfremden Frau einfach aus Mitleid, oder - er schluckte trocken - aufgrund ihrer nur schwer widerstehbaren Reize einfach so mir nichts, dir nichts einen Job angeboten hatte, den es noch dazu gar nicht gab - nun, das beschäftigte ihn mindestens genauso, wenn nicht sogar mehr.

Genau deswegen brauchte er jetzt ein pechschwarzes Guinness mit cremigem Schaum, und zwar dringend.

Er parkte seinen Wagen auf der Höhe des Phoenix Parks vor einem einladend aussehenden Pub mit Tischen im Garten. Er jedoch ging hinein, bestellte sein Bier und stützte die Arme auf den Tresen. Was war nur in ihn gefahren? So kannte er sich nicht. Überhaupt nicht. In seinen sechsundzwanzig Jahren hatte er noch kein einziges Mal derart unüberlegt gehandelt. Ihm war immer wichtig gewesen, die Folgen abschätzen zu können. Dankbar nahm er den ersten großen Schluck und wischte sich mit dem Handrücken den Schaum vom Mund.

Warum nur dachte er jetzt an Susan anstatt an Fiona, die seine Nachricht zwar empfangen und - wesentlich später - gelesen, aber noch immer nicht beantwortet hatte?
Hatte Susan ihm leid getan? Oder hatte er aus Trotz gehandelt, um diesem Widerling Richard Fitzgerald eins auszuwischen? Er war so wütend gewesen wie schon lange nicht mehr. Gut, Susan war ein ... Nein, sie war kein Preis. Man konnte Menschen nicht gewinnen oder kaufen, das wusste er genau, und das hatte auch nicht in seiner Absicht gelegen. Zudem war Susan eine völlig andere Liga! So dumm konnte nicht mal der dümmste Bauernsohn sein, dass er das nicht bemerkte. Sie war so elegant und anmutig, ihre Hände waren so klein und weich, dass sie noch nie hart gearbeitet haben konnten. Selbst wenn er bis Montag einen Job für sie erfinden konnte, würde sie nicht in sein kleines Büro passen, und bestimmt konnte er ihr nicht das Gehalt bieten, das sie gewohnt war.

Was hatte er da bloß angerichtet?

Am liebsten hätte er noch ein Bier bestellt, dachte dann aber an Fiona und die Promillegrenze und fuhr, keinen Deut schlauer, nach Hause.

Auf einer Wiese kam er an ein paar Rehen vorbei, die so gar nicht in die Stadt passten. So wenig wie er, das hatte er heute deutlich gemerkt. Susan hatte ihn genauso überfordert wie ihr Chef und Fiona. Die Rehe sollten in den Wald laufen und er wieder heim nach County Kerry fahren.

Am Tor gab er den Code für den Gebäudekomplex ein, der aus sandfarbenen, dreistöckigen Mehrfamilienhäusern bestand, und parkte auf dem für sie reservierten Parkplatz. Das alles kostete ein Vermögen und klang ganz furchtbar toll, doch in Wahrheit war der Komplex fünfzehn Jahre alt, billigst gebaut, schon abgelebt und glich unzähligen anderen, die im ganzen Land im Zuge des Baubooms zu Beginn des Jahrtausends erstanden waren. Wie gern hätte er sich jetzt einfach in sein breites Bett zu Hause auf dem Land gelegt … Aber das Bett gab es nicht mehr.

Als er eintrat, spürte er, dass Fiona nicht da war. Zugleich erleichtert und enttäuscht machte er sich eine Tasse Tee – wenn auch nicht so kunstvoll wie Susan - und ging mit auf dem Rücken verschränkten Händen im Wohnzimmer auf und ab.

Es war unmöglich, völlig ausgeschlossen, dass er Susan dieses irrsinnige Angebot gemacht hatte, weil er sie attraktiv fand! Das konnte nicht sein, auch wenn ihr blondes Haar, ihre strahlend blauen Augen und ihr schlanker Körper ständig vor ihm auftauchten. Und dieser verletzte Blick. Seine Beine fühlten sich schwach an, und ein ums andere Mal fuhr er mit seinen feuchten Händen über seine Oberschenkel. Aber so bemitleidenswert naiv konnte er doch gar nicht sein! Schließlich hatte er schon viele schöne Frauen gesehen; Fiona war auch schön, wenn auch nicht so elegant und anmutig. Überhaupt war Dublin voll mit wirklich umwerfenden Frauen. Er jedoch hatte sich noch nie vom Aussehen einer Frau blenden oder beeinflussen lassen. Noch nie! Zudem war er stets stolz auf seine Disziplin, Selbstbeherrschung und Treue gewesen. Nein, beschloss er, nein: Er hatte Susan den Job definitiv *nicht* aufgrund ihres Aussehens gegeben!

Aber – nun kam ihm ein neuer Gedanke: Hatte Fionas Verhalten etwas mit seinem zu tun? Hätte er anders reagiert, wenn sie sich nicht hinterrücks aus der Wohnung geschlichen hätte? Wo war sie überhaupt? Doch egal, nein, er konnte ihr nicht die Schuld für sein Versagen geben.

Der Tee war inzwischen kalt, und als er ihn in die Spüle goss, ging endlich die Tür auf. Schon halb neun! Und noch immer war er meilenweit davon entfernt, sich beruhigt zu haben. Er atmete tief durch und setzte ein Lächeln auf.

„Hi“, sagte er und stützte sich an der Anrichte ab. „Wieder da?“

Fiona antwortete nicht sofort, sondern kam in die Küche und stellte ihre Taschen – Lebensmittel, Drogerieprodukte und eine Tüte mit neuer Kleidung – auf dem Tisch ab. Sie zog ihre Jacke aus und ließ sie achtlos zu Boden gleiten. Heute verbiss Calum sich sowohl einen Kommentar dazu als auch, sie aufzuheben.

„Ah, ein Tee?“, stellte sie erstaunt fest und runzelte die Stirn. „Du trinkst doch nie Tee am Abend!“

Calum atmete aus und ließ die Arme sinken. War das alles, was sie zu sagen hatte?

„Und du steckst immer noch in deinem Anzug. Warst du gar nicht beim Sport?“ Ihre Stimme und Mimik schwankten zwischen Anklage und Besorgnis.

„Nein, ich hatte einen etwas anstrengenderen Tag als sonst und bin erst vor gut einer Stunde heimgekommen. Ich war noch auf ein Pint im Pub.“

Fiona stemmte die Hände in die Hüften, spannte sich an und riss dann den Kopf einmal kurz nach hinten. „Ah.“

Calum überlegte, ob er die Lage mit einer Umarmung verbessern könnte. Früher hatte sie immer gesagt, dass eine Umarmung von ihm alle Sorgen vertrieb. Aber das war lange her. Trotzdem machte er einen Schritt auf sie zu, doch sofort drehte sie sich weg.

„Hast du schon gegessen? Ich mache Pasta. Aber mit Pesto. Willst du auch was?"

„Ja, bitte."

„Was? Aber du magst doch kein Pesto!" Verblüfft schaute sie ihn an.

„Heute ist eben alles anders", entgegnete er, da es wirklich Schlimmeres gab als grüne Soße, die ihm nicht schmeckte. „Kann ich dir helfen?", fragte er und folgte ihr zum Herd.

„Da gibt es nicht viel zu helfen", wies sie ihn knapp zurecht. Sie setzte Wasser auf, stellte das Radio an und drehte daran herum – weg von Radio Magic FM, hin zu quietschendem Elektro-Pop. Schon immer war ihr unterschiedlicher Musikgeschmack ein Punkt gewesen, der viele Kompromisse erforderte, aber auch heute ließ er das Gedudel geduldig über sich ergehen.

„Wie war's denn bei der Arbeit?", erkundigte er sich stattdessen.

Fiona zuckte die Schultern. „Wie immer. Gut. Und bei dir?"

„Auch gut …", antwortete er und wartete auf ein Zeichen, dass sie ihn einmal, nur dieses eine Mal, nach mehr fragen würde. Doch wie an all den Abenden davor stellte sie keine weiteren Fragen.

„Warum bist du heute Morgen eigentlich einfach gegangen? Ich hatte doch gesagt, dass ich dir das Frühstück ans Bett bringe", sagte er nach einer Weile und war sich sicher, dass er dabei nicht vorwurfsvoll klang, obwohl er zum ersten Mal seit Monaten, wenn nicht gar Jahren, größte Lust hatte, sich mit ihr zu streiten.

Trotz seiner Ruhe schnaubte sie verächtlich. „Ich musste weg. Stell dir vor: Auch ich habe Termine!" Mit groben Bewegungen schüttete sie die hauchdünnen Spaghettini ins Wasser und rührte um.

Zum zweiten Mal an diesem Tag ballte sich der Zorn wie ein großer, feuerroter Ballon in Calums Bauch zusammen. Sie hatten doch früher immer über alles - oder fast alles - reden können! Mit angespanntem Kiefer stieß er hervor: „Das hättest du mir auch vorher sagen können! Dann hätte ich mein Meeting nicht abgesagt, sondern wäre pünktlich zur Arbeit gefahren!"

Wie von der Tarantel gestochen fuhr Fiona herum und fauchte: „Ach, so ist das! Die Arbeit war mal wieder wichtiger. Ach, schön. Bist du jetzt nach Hause gekommen, um mir Vorwürfe zu machen, oder was? Sieh's mal so: Ich bin gegangen, weil ich nicht dachte, dass du wirklich mit einem Frühstück zurückkommst!"

„Was? Warum nicht?"

„Na, denk mal scharf nach!"

„Das tu ich. Aber das ergibt keinen Sinn. Ich habe dich nie angelogen oder versetzt! Fiona, was ist los?“ Vorsichtig berührte er sie an der Schulter, doch sie schlug seine Hand weg.

„Nichts, lass mich in Ruhe.“

„Fiona, bitte!“, flehte er sie an und schüttelte die gefalteten Hände.

„Ich will keinen Streit“, schnauzte sie.

„Ich auch nicht, aber …“

„Wenn du auch keinen Streit willst, hättest du nicht davon anfangen sollen. Jetzt ist es zu spät!“, keifte sie, goss die Pasta so schwungvoll ab, dass das heiße Wasser an die Fliesen spritzte, knallte auf jeden Teller eine große Portion, gab Pesto darüber und rieb vor Wut schäumend Käse darüber.

„Hey, Fi, was soll denn das?“, versuchte Calum es auf die ruhige, liebevolle Art, obwohl er sich wenig liebevoll fühlte. Er stellte sich dicht hinter sie, legte die Arme um sie und zog sie an sich. Doch anstatt sich an ihn zu schmiegen, versteifte sich ihr Körper und wurde kalt.

„Ich bin gerade dabei, unser Abendessen zu machen“, presste sie hervor und entwand sich seinen Armen.

„Fiona! Was ist los mit dir?“, schimpfte er nachdenklich und hatte das Gefühl, mit einer Fremden zu sprechen.

„Nichts", seufzte sie genervt, nahm ihren Teller und ein Glas Wasser und ging aus der Küche. „Ich esse im Bett. Gute Nacht."

Wie vom Blitz erschlagen blieb er stehen und schaute ihr nach. Im Bett essen? Was sollte das denn?

Die Schlafzimmertür knallte ins Schloss und unmittelbar danach tönte Katy Perry blechern aus Fionas Handy. Er hatte keinen Hunger, ließ die Pasta stehen und ging für diesmal mehr als ein Pint in das nächste Pub.

7 Susan

Nach einem sehr bewegten Wochenende betrat Susan zehn Minuten vor der vereinbarten Zeit das Gebäude, in dem sich Calums kleines und wenig luxuriöses Büro befand. „Emerald Land“, stand in Seriphenschrift auf dem Schild.

Nachdem sie am Samstag - ohne die Zwillinge, die mit den beiden Österreichern von der Bildfläche verschwunden waren - im späten Morgenlicht nach Hause gekommen waren, hatten sie den Rest des Tages im Garten gesessen und den Kater auskuriert. Am Sonntag hatte Rick sie eingeladen, mit der Yacht seines Vaters rauszufahren, und so hatten sie - noch immer ohne die Zwillinge - den Tag bei herrlichem Sonnenschein auf dem Wasser verbracht. Das einzig Irritierende dabei war Anastasia gewesen, Ricks neue, ukrainische Flamme. Sie war sehr nett und noch dünner als Susan, aber da es das erste Mal überhaupt war, dass Rick eine Frau mitbrachte, reagierten alle ein wenig befremdet. Als Susan so auf dem Rücken gelegen und in den Himmel geschaut hatte, hatte sie ihre Affäre mit Richard Revue passieren lassen. Wie dumm sie gewesen war! Wie entsetzlich dumm, und leichtsinnig und wenig verantwortungsbewusst sich selbst gegenüber, denn sie ahnte, dass die Zeit tiefe Spuren in ihr hinterlassen hatte.

Das ganze Wochenende über poppten Gedanken an Calum wie Seifenblasen in ihr auf, und jedes Mal schlug sie entsetzt danach, um sie zum Platzen zu bringen.

Als sie jetzt die Stufen zum ersten Stock hochstieg, wo sich das Büro befand, wurde sie von Gedanken und Aufregung überflutet. Sie klopfte an, und der rothaarige, schmächtige, junge Mann, der sie einließ, stellte sich als Sean vor. Sean, ohne Nachnamen. Die beiden anderen Personen, die dort arbeiteten, waren die spindeldürre Kat, etwa so alt wie sie, mit braunen Haaren und lustigen Sommersprossen, und Eamon, rot-blonde Haare, stämmige Figur und geschätzt Anfang 30. Die beiden Räume waren in etwa so groß wie ihre Wohnung und tadellos aufgeräumt, dennoch hatten sie wenig mit der Kanzlei Fitzgerald & O'Leary gemeinsam. In dem größeren der beiden Zimmer befanden sich die Schreibtische der drei Kollegen sowie eine Couch aus rotem Stoff, auf der sie saß. Die Tür zum zweiten Raum stand offen und gab den Blick frei auf einen anderen Schreibtisch, einen Kopierer und etwas, das wie eine improvisierte Kaffeeecke aussah. Zumindest standen auf einem Tisch Geschirr, eine

Kaffeemaschine, ein Wasserkocher und ein enormer Vorrat an Saft, Keksen, frischem Obst und dergleichen. An den Wänden hingen Fotos von Kühen, Schafen und Küken, aber auch ein Bild von der Golden Gate Bridge, ein paar Poster von Film- und Musikstars sowie einem Tempel irgendwo in Südostasien. Aus all dem schloss Susan, dass Calum viel daran lag, dass seine Angestellten sich wohlfühlten.

Die drei jungen Leute waren völlig leger gekleidet und Susan kam sich in ihrer cremefarbenen Hose, der blauen Seidenbluse mit Schluppe und den sechs Zentimeter hohen Absätzen ziemlich overdressed vor. Merkwürdigerweise machte sie sich darüber kaum Gedanken, stattdessen drehten sie sich ausschließlich um ihre mögliche neue Aufgabe und ihren künftigen Chef. Einmal dachte sie kurz an ihre Kollegen in Richards Kanzlei, doch das Kapitel war für sie abgeschlossen. Nein, sie weinte dem Mistkerl keine Träne nach!

Gerade, als Eamon ihr eine Tasse Kaffee brachte und sich als der Buchhalter vorstellte, betrat Calum das Büro. Heute trug er statt seines zu großen Anzugs ein Paar dunkelblaue Chinos und ein hellblaues Polohemd, das er lose in die Hose gesteckt hatte. In diesem Outfit schien er sich wesentlich wohler zu fühlen, oder vielleicht hatte er sich auch einfach beruhigt und den Ärger über Fitzgerald vergessen.

Als er sie anschaute, stand sie von der Couch auf. „Hallo Susan, komm mit!“, begrüßte er sie freundlich und ging voraus in den zweiten Raum, wo er an seinem Schreibtisch Platz nahm und sie aufforderte, sich ebenfalls zu setzen. Da er nichts sagte, rief sie völlig albern: „So ist das also!“, und wusste selbst nicht, was also so wäre. Zumindest brachte es Calum zum Lachen. Er nahm einen Stift, aber nicht, um damit zu schreiben, sondern um ihn zwischen den Fingern zu drehen. War er etwa genauso aufgeregt wie sie? Der Stift sah so klein aus in seinen großen, starken Händen … Unwillkürlich musste sie daran denken, wie seine Hand ihre gehalten hatte …

„Schau, Susan, ich will ehrlich mit dir sein“, unterbrach er ihre Gedanken, und Susan spürte, dass ihre Wangen erröteten.

„Ich habe dir die Stelle angeboten, weil ich Richard Fitzgerald wirklich verabscheue, und weil es mir hinten und vorne nicht gefallen hat, wie er dich behandelt hat“, erklärte er sachlich und schaute auf den Stift in seinen Händen, während Susan nervös auf ihrem Stuhl hin und her rutschte. Das klang ja grauenhaft!

„Heißt das, dass es keine Stelle für mich gibt?“, würgte sie hervor. „Ich verstehe natürlich, wenn das so ist. Ich war auch ein wenig emotional am Freitag und hätte das Angebot nicht so unüberlegt annehmen sollen. Es tut mir leid, wenn ich falsch reagiert habe … Ich sollte wohl wieder gehen ...“ Susan redete und redete, nur um etwas zu sagen.

„Nein, das hast du nicht, und bitte bleib. Ich sage nur, was Sache ist“, erklärte er ernst und schaute sie an. In seinen Augen lag so viel Aufrichtigkeit, wie sie sie nur von ihren Freunden kannte, und sie spürte, dass sie Calum vertrauen konnte.

„Ach, okay …“, antwortete sie angespannt.

„Nichtsdestotrotz weiß ich noch immer nicht genau, welche Aufgaben du hier übernehmen könntest. Eine Sekretärin brauche ich nämlich gar nicht.“

Susans Lächeln entglitt komplett.

„Deswegen würde ich dich gerne als Office Manager beschäftigen.“

„Office Manager?“

„Ja, genau. Das bedeutet, dass du die Schnittstelle zwischen mir und Sean, Kat und Eamon wärst. Außerdem würdest du alle Termine managen und generell für alle Belange innerhalb des Büros zuständig sein. Dazu gehört auch die Kommunikation nach außen, Personalangelegenheiten - nicht, dass wir da besonders viele hätten“, er lachte „und alles andere, was organisiert werden muss. Wie klingt das für dich?“

„Wie das für mich klingt? Fantastisch! Absolut fantastisch!", jubelte sie und klatschte in die Hände. Sie konnte ihr Glück kaum fassen; endlich hatte sie ein richtiges Aufgabenfeld mit Verantwortung!

Nun wurde auch Calums Lächeln breiter und erfasste seine Augen, sodass sie wieder hell und klar leuchteten.

„Und wegen des Gehalts …"

Sie einigten sich auf eine Summe, die unwesentlich unter ihrem alten Gehalt lag, aber dafür, so kalkulierte sie blitzschnell, würde sie auch wesentlich weniger für Friseurbesuche und ähnliche Dinge ausgeben müssen.

Als alles Vertragliche geklärt war, schauten sie einander zufrieden an, und auf einen Schlag wurde Susan bewusst, dass Calum ihr ins Gesicht und nicht auf ihr Dekolletee schaute. Wann war das, mit Ausnahme von Harper und Rick, zuletzt passiert? Und war das ein gutes oder ein schlechtes Zeichen?

„Dann willkommen im Team!" Er reichte ihr die Hand, und da war es wieder, dieses sanfte, warme Gefühl, als würde sie schweben und doch gleichzeitig wunderbar auf dem Boden gehalten werden. „Den Vertrag machst - du selbst fertig!", wies er sie an, woraufhin beide herzlich lachten, zumindest so lange, bis Susan das Lachen im Hals stecken blieb. Calum war ihr Chef, und Chefs waren seit Freitag absolut tabu! Nie wieder! Wohin rasten ihre Gedanken und Hormone nur immer!

„Und wo fange ich heute an?“, erkundigte sie sich möglichst ernst, aber dennoch voller Tatendrang.

„Als Erstes will ich, dass du überall zusiehst, Fragen stellst und einen guten Einblick in unsere Arbeit bekommst. Mir ist es wichtig, dass jeder, der hier arbeitet, mit Feuer und Flamme bei der Sache ist. Jeder muss für die Landwirtschaft brennen, verstehst du?“

„Hm“, machte sie und warf den Kopf kokett zur Seite. „Was, wenn ich das nicht tue?“ Sie wurde puterrot, und ihre Arme und Beine fühlten sich an, als flögen sie davon. Sie war schlichtweg nicht mehr Herrin ihrer Sinne! Himmel! Sie war bei der Arbeit und flirtete eiskalt mit ihrem Chef! War sie denn von allen guten Geistern verlassen?

Calums Augen weiteten sich entsetzt, dann jedoch räusperte er sich und antwortete sachlich: „Ich bin mir sicher, dass du das bald tun wirst. Ich bilde mir ein, dass meine Menschenkenntnis recht gut ist, und dass du das Herz am rechten Fleck hast. Außerdem warst du am Freitag von Fitzgeralds Reaktion verletzt. Du müsstest mich also sehr hinters Licht geführt haben und absolut kaltherzig sein.“ Er schaute ihr tief in die Augen, was nicht dazu beitrug, dass sie sich beruhigte. Ganz im Gegenteil.

„Ich bin nicht kaltherzig! Und ich habe dich nicht hinters Licht geführt!"

Nun lachte Calum kurz auf, nickte und sagte mit Schalk in den Augen: „Sag ich's doch. Meine Menschenkenntnis ist gut." Wieder räusperte er sich und unterbrach kurz den Blickkontakt, bevor er ihr erklärte, dass Eamon für die Buchhaltung zuständig war, was sie bereits wusste, und dass Kat und Sean hauptsächlich Daten und Fakten recherchierten und Unterlagen erstellten. „Ich selbst verbringe meine Zeit in direktem Kontakt mit den Landwirten, Politikern, Anwälten etc., bin also viel auswärts unterwegs."

„Oh, dann kann ich ja die Termine koordinieren und vorbereiten!", rief sie freudig. Ihr war nicht bewusst gewesen, wie sehr sie danach dürstete, richtige Arbeit zu machen, anstatt Richards schmutzige Hemden in die Reinigung zu bringen, sie sauber wieder abzuholen und genau sechs Minuten darauf zu warten, dass der Tee fertig gezogen hatte!

„Ja, genau, das könntest du. Wir überstürzen aber nichts. Du schaust erst mal den anderen und mir über die Schulter und fängst gemächlich an, okay?"

„Absolut okay! Ach, ich kann dir gar nicht sagen, wie sehr ich mich über diese Chance freue", seufzte sie, lehnte sich zurück, streckte die Hände aus und strahlte ihn an. Es war nichts mehr von der kühlen und distanzierten Susan übrig, die mit ihrer Emotionslosigkeit Männern wie Richard das Herz in der Hose hatte schlagen lassen. Freude zu spüren und sie offen zu zeigen, war so – sie suchte stumm nach den richtigen Worten – so befreiend und so viel lebenswerter!

„Das freut mich“, antwortete er ehrlich. „Wir freuen uns auch, dass du da bist. Ich bestelle dir Tisch, Stuhl, Computer und diese Dinge. Du kannst sitzen, wo noch Platz ist. Also, bei mir oder draußen.“

Bei ihm? Also, wenn er sie so fragte, dann natürlich bei ihm!

„Aber bis alles da ist, setzt du dich einfach zu den anderen, abgemacht? Sie kümmern sich um dich. Ich muss nämlich dringend los und komme heute nicht mehr ins Büro.“ Er stand auf und ging um den Tisch herum.

Nicht mehr ins Büro? Etwas zog und zerrte an Susans Herz. Sie verzog das Gesicht und rief sich zur Vernunft. Mit wenig Erfolg.

„Viel Erfolg und einen schönen Tag!“, rief sie ihm nach, doch er drehte sich nicht mehr um. Sie beschloss, einfach dankbar dafür zu sein, überhaupt hier arbeiten zu dürfen und sich auf die Arbeit zu konzentrieren.

Erst in der Mittagspause warf sie einen Blick auf ihr Handy und erstarrte.

„Besorg Blumen und eine Glückwunschkarte zum Geburtstag von Ms Finnegan. Komme eine Stunde später."

Richard, der arroganteste Drecksack aller Zeiten, hatte nicht einmal mitbekommen, dass sie nicht mehr für ihn arbeitete! Und der Ton! Dieser Ton! Wie dumm, wie absolut dumm war sie gewesen, sich das so lange gefallen zu lassen? Und wie selbstzerstörerisch, einen Kerl wie ihn auch noch anzubeten!

Danach kam ein: „Wo bleibst du so lange?"

„Sag mir das nächste Mal Bescheid, wenn du krank bist", und danach nichts mehr. Kein Wort. Kein Anruf in Abwesenheit. Nichts.
Jemand musste ihm von ihrer Kündigung erzählt haben.

Doch dann wich die Wut einem wunderbaren, herrlich weiten und hellen Gefühl von Freiheit und der Gewissheit, die dunklen Jahre des seelischen Missbrauchs beendet zu haben.

Sie schrieb nicht zurück.

8 Calum

Calum hatte gar nicht den ganzen Tag über Termine, sondern hatte lediglich schon wieder gelogen. Wegen Susan und ihrer Wirkung auf ihn. Er musste weg von ihr, denn als er sie so auf dem roten Sofa hatte sitzen sehen, die Augen erwartungsvoll groß, die langen, schlanken Beine übereinandergeschlagen, den Rücken gerade, da war ihm, als würde ihm jemand mit der Faust ins Sonnengeflecht schlagen. Das Gefühl, zu ersticken, war auch dann nicht gewichen, als sie ihm am Schreibtisch gegenübergesessen und mit ihm ihre Anstellung besprochen hatte.

Die Frau tat ihm gut - und gleichzeitig auch nicht. Vor allem aber durfte sie nicht sein. Oder das, was er für sie oder wegen ihr empfand, durfte nicht sein. Was wusste er schon noch! Denn das, was er fühlte und dachte, war alles Mögliche, kreuz und quer, von Verlangen über Schuld hin zu dem Drang, sie zu beschützen, den Schmerz von ihr zu nehmen und ihr Leben glücklich zu machen. Der neue Job schien dazu beizutragen, schließlich hatte sie über das ganze hübsche Gesicht gestrahlt, als er sie zur Office Managerin von fünf Leuten ernannt hatte. Diese

Freude konnte nicht gespielt sein, denn sie löschte alle Spuren von Traurigkeit und Schmerz und brachte diese zarte, zerbrechliche Frau zum Leuchten.

Die Sache war schlicht und ergreifend die, dass sie ihn heillos überforderte. Ihn, den Jungen vom Land, der besser dort geblieben wäre, als sein Glück in der Stadt zu suchen und sein Unheil zu finden.

Zwischen den Terminen, die er tatsächlich hatte, gönnte er sich ein köstliches Thai-Curry in einem Imbiss und anschließend ein sagenhaft gutes Stück *Black Forrest Cherry* in einem gemütlichen Café, das passenderweise *The sweetest sins* hieß.

Um halb fünf klappte er mit einem Ruck seinen Laptop zu, da er sich sicher war, dass er seine Beziehung mit Fiona retten wollte. Und zwar jetzt auf der Stelle! Immerhin waren sie seit über zehn Jahren ein Paar, er liebte sie und wollte sie weder verletzen noch verlieren. Calum setzte auf Beständigkeit, Zuverlässigkeit und Treue und so ein verrückter Anfall von etwas Prickelndem, Kribbelndem und Gedanken-Verwirrendem konnte nichts Gutes verheißen. Es war entweder überflüssig oder gefährlich, im schlimmsten Fall beides.

Also beschloss er, Fiona im Pub zu überraschen. Er war nur ein einziges Mal, ganz am Anfang ihrer Zeit in Dublin, im *Jamey's Jim* gewesen. Dabei lag es nur etwa eine halbe Stunde von seinem

Büro entfernt am Georges Quay. Aber jeder wusste, wie lange eine halbe Stunde im Berufsverkehr war … wenn man nur noch heimwollte. Sein Auto stand noch immer vor seinem Büro in Ballsbrigde, und so sprang er in die Luas, die Dubliner Tram, die gerade vor ihm hielt.

Als er das, besonders bei Touristen beliebte, Pub betrat, schlug ihm laute irische Musik mit einem Overkill an Fiedeln entgegen. Bilder mit irischen Landschaften, Wimpel, Kleeblätter, Hurling-Schläger, der Leprechaun-Kobold und Ähnliches schmückte die in Grün tapezierten Wände. Da es im Inneren düster war, fiel es ihm schwer, Fiona zu erkennen. Suchend schaute er sich um, während er zu einem freien „Tisch für einen“ geführt wurde. Er hoffte, dass sie gerade Schicht hatte, wusste es aber nicht gewiss und gab sich selbst die Schuld dafür.

Die Karte, auf der so gut wie kein typisch irisches Gericht fehlte, befand sich bereits in einem Ständer auf dem Tisch. Erinnerungen an den traditionellen Sonntagsbraten seiner Mutter oder das Irish Stew kamen ihm in den Sinn, und er entschied sich für einen hausgemachten Sheperd‘s Pie. Nach einer Weile kam eine lustige Rothaarige mit ihrem bereits gezückten Orderman zu ihm, um die Bestellung aufzunehmen.

„Und, wie geht's Ihnen heute so? Alles gut? Der Sommer ist einfach ein Traum, finden Sie nicht?“, zwitscherte sie munter drauf los und schaute ihn aus großen Augen kess an.

„Zu gut, um wahr zu sein", antwortete er. Er lachte, und auch die Kellnerin lachte, als sie ihn fragte: „Also, was kann ich Ihnen denn Schönes bringen?"

Dieser Blick - versuchte sie etwa, mit ihm zu flirten? Er straffte die Schultern und antwortete mit einem breiten Grinsen: „Fiona."

Verständnislos schaute sie ihn an.

„Ich bin ihr Freund, Calum", fügte er hinzu, da er nicht als komplett geistesgestört gelten wollte.

„Sorry, aber soll das ein Witz sein?", fragte sie dennoch mit gerunzelter Stirn.

„Nein, überhaupt nicht. Ich bin wirklich ihr Freund."

Doch die Rothaarige schüttelte nur den Kopf. „Das verstehe ich nicht. Also, ... Was darf's sein?", fragte sie ungeduldig und schaute sich im Raum um.

„Ähm - Fiona? Sie arbeitet mit Ihnen zusammen. Vielleicht hat sie aber gerade keine Schicht und Sie kennen sie nicht", erklärte er.

Diesmal stemmte sie eine Hand in die Hüfte und drückte den Rücken durch. „Ja, genau, Ich kenne sie nicht. Nie gehört. Aber wissen Sie was, ich schaue mal auf dem Dienstplan nach." Und weg war sie. Calum kam sich wie ein dummer Schuljunge vor, während er auf ihre Rückkehr wartete.

„Tut mir leid. Fiona O'Grady?", fragte sie forsch.

Er nickte mit aufkeimender Hoffnung, die jedoch sofort zerschmettert wurde.

„Sorry, aber die arbeitet schon lange nicht mehr hier."

„Wie bitte? Was soll das heißen? Hatte sie heute nur eine halbe Schicht?"

Die Frau seufzte, rollte die Augen und schüttelte den Kopf. Kurz befürchtete Calum, sie könnte ihn für einen verrückten Stalker halten.

„Nein. Ich meine, dass sie überhaupt nicht mehr hier arbeitet. Seit *Wochen*."

„W---", setzte er an, senkte dann aber den Kopf und bestellte tief beschämt seinen Sheperd's Pie, den er in Windeseile hinunterschlang, um so schnell wie möglich von dem Ort der Schmach wegzukommen.

.

xxx

Mit dem Telefon am Ohr ging er vom Auto zu dem Haus, in dem sie wohnten. Mindestens fünf Mal hatte er schon versucht, Fiona zu erreichen, jedes Mal ohne Erfolg.

Er steckte gerade den Schlüssel ins Schloss, als sie abhob und blaffte: „Ich arbeite, Calum!"

„Warum lügst du mich an?“, blaffte auch er.

Einen Moment herrschte Stille, bevor sie zurückschnauzte: „Was soll das? Wovon redest du da? Bist du jetzt vollkommen übergeschnappt?“

„Ich war beim Restaurant, Fiona, und da arbeitest du nicht mehr“, erklärte er mit plötzlich eiskalter Stimme, die dennoch zitterte. Was hatte das zu bedeuten? Warum log sie? Ging sie fremd?

„*Wo* warst du?“, keifte sie und schwieg einen Augenblick. „*Jamey's Jim*? Ha! Da bin ich schon seit ewigen Zeiten nicht mehr!“

Calum trat die Wohnungstür auf und lehnte sich von innen dagegen. „Was soll das heißen? Du sagst mir doch jeden Tag, dass du zur Arbeit gehst!“

„Das tue ich auch!“, erwiderte sie trotzig. „Nur eben nicht dorthin!“

„Aber warum weiß ich das nicht?“, stammelte er fassungslos.

„Tja, Calum, das ist eine gute Frage. Eine wirklich sehr gute Frage! Warum weißt du das nicht?“, höhnte sie. „Die Antwort ist verblüffend einfach: Weil du nicht zuhörst. Nie! Ich habe es dir gesagt, erinnerst du dich noch, als ich Tage lang zu Hause saß und mich beworben habe?“ Sie machte eine Pause, und als er schwieg, fuhr sie fort: „Nein? Nicht? Huch, das wird ja immer besser!“ Dann lachte sie abfällig.

„Du hast mir davon erzählt?", fragte er völlig fassungslos, seufzte hilflos und griff sich mit beiden Händen an den Kopf. Dann stieß er sich von der Tür ab und machte ein paar Schritte-

„Ja, natürlich! Was denn sonst!", giftete sie.

Calum sank unter der Schuld und dem schlechten Gewissen in sich zusammen. Er fühlte wie eine Amöbe im Schlamm und wünschte, sie möge ihn zertreten. Wie konnte er so etwas Wichtiges vergessen! Und was bildete er sich eigentlich ein, insgeheim *ihr* vorzuwerfen, dass sie sich nicht nach seiner Arbeit erkundigte!

„Fi... Fiona"; stotterte er. „Das tut mir entsetzlich leid. Ich weiß gar nicht, was ich sagen soll. Das ist ... unvorstellbar. Warum hast du denn dort aufgehört?"

„Das geht dich nichts an", schnappte sie. „Ich sehe ja, wie sehr du dich für mein Leben interessierst."

„Ich ... Fiona ... Es ... es tut mir so leid! Ich weiß wirklich nicht, wie das passieren konnte. Es ist grässlich, absolut ..." Er stotterte und seine Stimme wurde brüchig. Er zitterte, Tränen der Ohnmacht und des Selbstzorns drängten in seine Augen.

„Das ist es in der Tat. Du hast alles kaputt gemacht! Du interessierst dich schon seit Jahren nicht mehr für mich. Ich bin einfach nur bequem für dich, das ist alles. Mein Gott! Wie blöd, wie unglaublich blöd war ich denn, deinetwegen nach Dublin zu ziehen!"

„Fiona! Das stimmt nicht! Ich liebe dich!"

„Ach, so ein Unsinn. Lüg nicht auch noch. Außerdem muss ich jetzt weiterarbeiten." Damit drückte sie auf „Aus" und alles, was Calum hörte, war das Rauschen der toten Leitung.

Dann warf er seine Schuhe an die Wand und schrie so lange und laut, bis ihm die Luft ausging. Wie konnte er vergessen, dass Fiona die Arbeitsstelle gewechselt hatte? Er war zu genau dem Abschaum geworden, den er selbst immer verachtet hatte.

Irgendwann zog er seine Laufsachen an und rannte, bis er beinahe zusammenbrach. Als er nach Hause kam, lagen Fionas Sachen im Gang verstreut und die Schlafzimmertür war zu.

Die Nacht verbrachte er auf der Couch und konnte nicht schlafen, unter anderem, weil Rihanna blechern über Fionas Handy sang. Aber viel mehr deswegen, weil er nicht glauben konnte, in was für einen Menschen er sich verwandelt hatte. Und in dieser Nacht betete er zum ersten Mal seit einem halben Jahr wieder.

9 Susan

„Nein, da ist kein Ring an seinem Finger“, murmelte Susan nachdenklich und schob sich Pommes mit Currysauce in den Mund. Die Freunde saßen an diesem lauen Sommerabend bei seltenem Junk-Food, dafür aber edlem Wein im Garten. Gerade hatten die Zwillinge von ihren Abenteuern mit den beiden Wienern erzählt, die sie tatsächlich zu sich eingeladen hatten, ein Angebot, über das die beiden ernsthaft nachdachten.

Ricks Flamme – oder gar schon Freundin? - Anastasia war für die nächsten drei Wochen in ihre ukrainische Heimat geflogen, und so waren sie an diesem Abend seit Längerem wieder unter sich.

„Mhm, das heißt gar nichts“, gab Alexandra zu bedenken und nippte an ihrem herrlich kühlen Glas Wein.

„Liiert oder nicht - das ändert nichts an der Tatsache, dass er dein Chef ist, vergiss das nicht!“, ermahnte Natalie sie mit erhobenem Zeigefinger und einem strengen Blick.

Harper saß mit angewinkeltem Bein auf der großen Lounge-Couch und stimmte seine Gitarre zu Ende. Nun stand er schwungvoll auf, ging zu

Alexandra, drückte ihr einen Kuss auf den Mund und wuschelte durch ihr langes, blondes Haar. „Bis später", flüsterte er hörbar verliebt.

„Bis später, und viel Erfolg!", nuschelte sie ebenso verliebt zurück und lehnte ihren Kopf an seinen Bauch.

„Viel Erfolg und viel Spaß!", riefen ihm alle nach und winkten. Wie jeden Dienstag, Donnerstag und Freitag spielte er im *Grooving Shamrock*, einer Art Pub mit Konzertsaal, der 1.200 Leute fasste. Seitdem er vergangenen Herbst dort zu spielen begonnen hatte, waren seine Auftritte immer ausverkauft, und die Fans reisten von weit her an. Mit Grauen dachte er an die bevorstehende Europatournee im Herbst, bei der er in größeren Stadien würde spielen müssen.

Normalerweise störte Susan sich nicht an der offen zur Schau gestellten Zuneigung, aber heute tat sie es. „Iiiiihgitt! Sucht euch gefälligst ein Zimmer!", rief sie spitz und verzog angewidert das Gesicht, was allerdings nur allgemeines Gelächter auslöste.

„Susan, dein Richard mag ja eine Granate im Bett gewesen sein, aber es wird höchste Zeit, dass du mal in den Genuss einer zarten Verführung gerätst!", johlte Rick und schlug sich auf den Oberschenkel.

„Haha, ja, ja, schon gut!", maulte Susan gespielt beleidigt, lächelte dann aber wieder. „Ich freue mich wirklich, dass ihr euch gefunden habt und so glücklich miteinander seid. Ich meine, auch Harper sieht einfach rundum zufrieden und happy aus! Ganz anders als vor einem Jahr!“

Die Zwillinge prusteten los und hielten sich die Hände vor die Münder. „Das ist ja auch nicht schwierig! Diese schiefe Dachsfrisur, hahahaha!“

Erst als sie Alexandras leicht verletzten Blick einfingen, beruhigten sie sich und hoben entschuldigend die Hände.

„Im Ernst: Das ist er auch. Er hat hier gefunden, wonach er so lange gesucht hat und fühlt sich rundum wohl. Genau wie ich auch …“, seufzte Alexandra glücklich, lehnte sich im Stuhl zurück, streckte die Arme aus und schaute in den Abendhimmel. „Seine Musik bedeutet ihm jetzt etwas. Sie ist ein Teil von ihm, und das ist das Wichtigste beim Beruf, nicht wahr?“

„Ja, sicher. Aber du inspirierst ihn auch zu seinen tollen Liedern“, meinte Melanie.

„Du bist seine Muse!“ Natalie nickte eifrig, woraufhin Alexandra verlegen lachte und zur Seite schaute.

„Nun musst du nur endlich, endlich deinen Verlag gründen!“, holte Rick Alex auf den Boden der Tatsachen zurück. Alle Anwesenden wussten, dass Alexandra zwar von ihrem eigenen Verlag träumte, aber sich vor dem Schritt scheute, weil sie zu wenig Ahnung von der Organisation und dergleichen hatte. Die Liebe zu Büchern allein machte keinen erfolgreichen Verlag aus, das wusste sie, und deswegen besuchte sie zwei Mal in der Woche einen Abendkurs für Personen, die sich selbstständig machen wollten.

„Also, ich würde schon noch gerne mehr von diesem mysteriösen Calum Doherty hören!", rief Melanie kichernd und schlug ihre schlanken Beine übereinander.

„Nein, lass sie", fuhr Rick entschieden dazwischen, bevor jemand etwas sagen konnte. „Susan muss das mit den Chefs und älteren Männern echt lassen. Da sollte man sie gar nicht erst in romantischen Erzählungen schwelgen lassen!"

„Hey! Von wegen romantisch und schwelgen! Außerdem ist er höchstens fünf Jahre älter als ich!", begehrte Susan auf.

„Das spielt keine Rolle!", konterte Rick unerbittlich, kniff die Lippen zusammen und fuhr mit der Hand in einer schneidenden Bewegung durch die Luft.

„Na, ein wenig schon. Vor allem, weil es ein neues Licht auf die Sache wirft!", wandte Natalie triumphierend ein und reckte das Kinn in die Höhe.

„Ach, und warum das?", forderte Rick sie heraus.

„Weil er jünger ist. Allein das ist ein Bruch mit ihrem alten Muster!"

„Dann kann er ja gar nicht ernsthaft für sie interessant sein", befand Rick und lehnte sich mit seinem Weinglas in der Hand zurück. Sein Blick heftete sich an die Hauswand, bevor er mit einer Spur Bitterkeit in der Stimme hinzufügte: „Los, bitte. Du kannst von ihm reden, so viel du willst. Er stellt keine ernsthafte Bedrohung dar."

„Hey, ich bin auch noch da!", schaltete Susan sich gekränkt und wütend zugleich ein, runzelte die Stirn, lachte dann aber. „Ihr scheint mich ja richtig gut zu kennen!"

„Suuuusan!" riefen alle und rollten die Augen. „Wir wohnen seit sechs Jahren zusammen! Wie könnten wir dich da *nicht* kennen!"

„Ja, ja, schon gut. Mit dem Alter und so habt ihr natürlich recht. Ich verstehe ja selbst alles nicht. Ich meine, dass es so – naja, dass ich so reagiere und es sich so anfühlt, als würde ich barfuß über eine Blumenwiese laufen, wenn er mich berührt oder so ansieht!" Ihre Stimme klang verträumt, und unbewusst faltete sie die Hände im Schoß. Sie war noch nie barfuß über eine Blumenwiese gelaufen, Haar und Kleid im Wind wehend, Blick zum Himmel, Arme ausgebreitet, ein glucksendes Lachen auf den Lippen, den Liebsten vor Augen – all das hatte sie noch nie getan, und das nicht nur, weil Blumenwiesen in Dublin höchst selten sind. Aber das spielte keine Rolle. Sie wusste einfach, dass es sich so anfühlen würde, wenn man es täte. Am Rande ihrer Schwärmerei bemerkte sie, dass ihr alle gespannt lauschten, und so sprach sie mit merkwürdig belegter Stimme weiter: „So ein Gefühl ist mir neu. Diese Zartheit und irgendwie - Unschuld!" Sie kicherte und warf die Hände in die Luft. „Ich meine, mit Richard, dem Prof oder - ach, mit all den anderen, da war es anders. Ganz anders. Ich kann nicht genau erklären, wie, aber es war wilder, rauer, fordernder. Als würde ich ihnen gehören, mit Haut und Haar, als müsste ich neben ihnen klein und unselbstständig sein." Sie rang nach Atem. „Damit sie noch größer wirken, versteht ihr, was ich meine?" Die Zuhörer nickten gespannt. „Die haben mich gar nicht als die volle Susan gesehen, sondern nur einen Teil von mir."

„Den du ihnen zeigen wolltest", warf Alexandra ein. „Du wolltest doch der sexy Vamp, die kühle Blonde, die Ice-Queen sein!"

„Ja, genau. Die Frau, die ihnen keinen Stress bereitet, sondern mit der sie schöne, entspannende Stunden verbringen können. Die wollte ich für sie sein. Damit sie sich so in mich verlieben. Vielleicht war ich auch so hart und kalt, damit sie mir nicht so wehtun können, weil ich unbewusst wusste - ergibt das Sinn? - dass das alles höllisch wehtat."

„Ich verstehe dich schon, aber trotzdem hast du die ganze Zeit über eigentlich nur gelitten", pflichtete Alexandra ihr bei.

„Ja, das merke ich jetzt auch. Ich fühle mich viel freier und – ach, irgendwie so, als würde Calum mich wirklich sehen und als die Person, die ich bin, schätzen. Ohne Rolle und Maske, versteht ihr, was ich meine?“

„Ja, schon, aber die Frage ist doch dann: Warum stylst du dich dann immer noch jeden Morgen so, als würdest du in die Kanzlei gehen?“, fragte Rick und sah sie durchdringend an.

Susans Kopf flog herum, und ihr Blick verdunkelte sich. „Was? Aber warum denn nicht?“, schnappte sie mit funkelnden Augen und krallte sich an der Bank fest.

„Die Frage musst - und wirst du - dir hoffentlich eines Tages selbst beantworten“, antwortete Rick ruhig, stand auf und ging ins Haus.

„Also bist du in Calum verliebt?“, fragte Natalie in die leicht angespannte Stille hinein und lehnte sich zu Susan.

„Ach“, wich diese aus und sprach erst weiter, als Rick nicht mehr zu sehen war. „Das weiß ich gar nicht so genau. Ich fühle mich wohl bei ihm, aber es ist auch irgendwie – so unsicher!“ Sie schaute ihre Freundinnen fragend an. „Versteht ihr? Bei den reiferen Männern habe ich das Gefühl, dass mir nichts passieren kann, dass sie sich um mich kümmern, alles wissen, mich auf Händen tragen und beschützen, sie haben schon Karriere gemacht und ordentlich Geld … Und ein junger Mann kann das nicht."

„Aber Susan!", rief Alexandra entsetzt. „Das stimmt doch alles überhaupt nicht, das bildest du dir doch alles nur ein!"

„Und es widerspricht dem, was du gerade gesagt hast", wandte Natalie ein und wickelte eine Strähne um ihren Finger.

„Hm", schnaubte Susan und schüttelte unwirsch den Kopf, denn sie ahnte, dass ihre Freundin recht hatte.

Alexandra ließ nicht locker, sondern bohrte gnadenlos weiter: „Wann hat dich denn einer von diesen Halunken jemals beschützt? Wann ist einer von denen für dich eingetreten oder hat dir irgendwie weitergeholfen?", fragte sie mit schmalen Augen und reckte ihren Kopf nach vorn.

„Ja, schon, aber …"

„Nein, nichts aber!", rief Melanie. „Die haben dich doch nur nach Strich und Faden ausgenutzt. Ich meine, es muss dir schon auch Spaß gemacht haben und offiziell wolltest du ja auch nichts anderes, aber alle haben dir wehgetan, weil niemand von eurer Beziehung wissen durfte, weil du so „heimlich" warst, dass du fast verschwunden bist! Du sagst doch selbst, dass du nur noch in Bruchstücken existiert hast! WANN, bitte, haben sie dich beschützt oder sich um dich gekümmert?"

„Ja, das ist … vielleicht was Wahres dran", gestand Susan schmerzlich gedehnt, bevor sie hastig weitersprach: „Aber sie sind so reich, versteht ihr das nicht? Mit all dem Geld, der Macht, den Leuten, die sie kennen, da kann einem einfach nichts passieren!"

„Aber davon hast du doch herzlich wenig gehabt!", rief Alexandra perplex. „Bis auf die völlig bedeutungslosen Taschen, Schuhe und den ganzen Krempel!"

„Krempel?", japste Susan und riss die Augen auf. „Das sind Designerstücke! Die kosten ein Vermögen!"

„Ja, hätten sie dir lieber einen Fonds eingerichtet, dann hättest du jetzt mehr davon!", zischte Alexandra zynisch.

Susan sprang auf. „Ich schlafe doch nicht für Geld mit Männern!"

Es herrschte Totenstille. Alle drei schauten sie aus großen Augen an, und Susan erkannte die Wahrheit, die sich wie eine schwere Metallkugel auf ihre Brust senkte. Alexandra begriff, was sie angerichtet hatte, und haspelte etwas von Rick und Harper, bevor sie ruhig und mit einem verzeihenden Lächeln sagte: „Schau, im Ernst, Susan: Wie haben dich denn all die Geschenke im Leben weitergebracht? Oder dir wirklich geholfen? Es war doch ein müder Kreislauf – immer schön und toll sein, für Sex und neue Geschenke. Immer das Gleiche!"

Alle drei schüttelten die Köpfe, und Susan verstand die Welt nicht mehr. War es denn nicht offensichtlich, dass Geld, Luxus und Macht zur Sicherheit beitrugen? Verwundert schaute sie von einer zur anderen.

„Rick ist doch auch schwerreich, aber er kauft ganz normale Klamotten", sagte Natalie vorsichtig.

„Ja, genau! Das verstehe ich nicht. Überhaupt nicht!", ereiferte Susan sich. „Aber vielleicht liegt es daran, dass er ein Mann und noch jung ist." Sie zog die Stirn kraus, schaute auf den Boden und machte eine wegwerfende Handbewegung.

„Das ist Harper aber auch", antwortete Alexandra. „Nein, es geht ihnen einfach nicht darum, ihr Geld zu zeigen."

Susan zuckte die Schultern und schaute auf ihre Hände. Dann flüsterte sie: „Aber mir. Ihr habt ja keine Ahnung, wie es ist, zu siebt in zwei Zimmern auf der falschen Seite von Finglas aufzuwachsen!" Sie verzog ihr Gesicht zu einer Grimasse und schüttelte sich. „Ihr habt. Keine. Ahnung. Keine Ahnung, wie es ist, von der Sozialhilfe und Gutscheinen zu leben, oder?"

Die drei schwiegen betreten und schauten auf den Tisch oder zu Boden, denn in der Tat wussten sie es nicht und bei dem Versuch, es sich vorzustellen, überlief jede ein eiskalter Schauder.

„Mit einem Vater, der sich jedes Wochenende fast bis ins Koma getrunken und geschrien und gebrüllt und, Gott sei Dank, meistens nur Gegenstände zertrümmert hat. Das wisst ihr nicht. Seid froh darum. Jeden einzelnen Tag solltet ihr dafür dankbar sein. Auch, dass ihr genug zu essen und mehr als drei abgetragene T-Shirts hattet." Sie spuckte die Worte wie Gift in den Garten. Ihre Stimme war hart und kalt und klang, als gehörte sie nicht zu ihr. Auch sie schüttelte sich mehrmals, als könnte sie so die mit der Erinnerung verbundenen Gefühle loswerden. Susan sah, dass die drei Freundinnen nicht wussten, wie sie reagieren sollten, doch das war ihr jetzt egal. Sie hatte es satt, von anderen beurteilt und in eine Schublade mit der Aufschrift „Blonde, geldgeile Tussi ohne Hirn" gesteckt zu werden.

„Ich werde nie mehr so arm sein. Nie mehr! Deswegen werde ich einen reichen Mann heiraten. Und ganz ehrlich: Ich glaube, dass Liebe überbewertet wird. Jahrtausendelang hat niemand aus Liebe, sondern aus wirtschaftlichen Gründen geheiratet. Das war eine vernünftige Basis, auf der ganze Imperien aufgebaut wurden. Was soll jetzt plötzlich daran so schlecht sein? Die Verliebtheit verfliegt und die Menschen leiden dann wie Hunde, weil sie *ja-so-enttäuscht* wurden und er ihnen – oh Wunder! - doch nicht den Hintern nachträgt, sondern mit einer Jüngeren poppt! Große Überraschung!" Bitter unterstrich sie ihre Worte mit Gesten. „Wisst ihr, was ich denke? Dass die Leute naiv sind. Nie richtig erwachsen geworden. Alles nur rosa - das gibt's nicht! Nicht in meiner Welt." Susan war in Rage geraten und nicht mehr zu stoppen. „Dann lassen sie sich scheiden, die Herzen voll Bitterkeit und Groll und suchen den Nächsten! Und der ganze Zirkus beginnt von vorn! Was, bitte, soll daran besser sein?"

„Nun - also", begann Melanie zögernd. „Nicht alle sind so."

„Nein, nicht alle, aber die meisten", setzte Susan grimmig nach und tippte mit dem Zeigefinger auf den Tisch, um zu zeigen, dass das Thema für sie abgeschlossen war.

Doch Alexandra ließ sich nicht so leicht den Mund verbieten. Sie räusperte sich, rutschte auf ihrem Stuhl hin und her und sagte: „Es gibt viele Arten von nicht-arm-sein, Susan. Ich verstehe dich. Aber du musst auch auf deine Seele achten. Die ist das Wichtigste, was wir haben."

Die Zwillinge nickten ernst.

„Natürlich ist es sehr angenehm, in finanzieller Sicherheit zu leben. Ich meine, natürlich habe ich da wegen Harper leicht reden … Aber damit du dauerhaft etwas von dieser Sicherheit hättest haben können, hätte einer von ihnen dich heiraten müssen. Und das stand gar nicht zur Debatte, denn die *waren* alle schon längst verheiratet!"

„Ja, natürlich waren sie das! Das sind erfolgreiche Männer nun mal! Wenn sie reich werden, sind sie normalerweise Ende dreißig, Anfang vierzig. Und zu dem Zeitpunkt ist man eben nun mal schon verheiratet!", keifte Susan und glaubte, mit lauter Schwachsinnigen zu sprechen.

„Aber zu dem Zeitpunkt, zu dem sie geheiratet haben, wusste noch niemand, dass sie es einmal werden würden!", offenbarte Melanie einen Geistesblitz. „Und die Frauen haben sie trotzdem geheiratet!"

„Genau! Du musst also jetzt jemanden mit dem *Potenzial*, reich zu werden, heiraten. Wenn dir Geld wirklich so wichtig ist", erklärte Natalie und grinste stolz über ihre Einsicht, verriet dabei aber, dass sie hoffte, Geld möge Susan doch nicht ganz so wichtig sein.

„Mir *ist* Geld wichtig!", blaffte Susan. kniff die Augen zusammen und wrang die Hände.

„Nur über das Ausmaß an Luxus könnte ich vielleicht nachdenken", sagte sie dann mehr zu sich als zu den anderen. Trotzdem hatte Alexandra sie gehört.

„Na, das ist immerhin ein Anfang, heureka!", seufzte Alexandra und stand ebenfalls auf, um eine neue Flasche Wein zu holen und nach Rick zu schauen, wie sie die übrigen wissen ließ.

10 Calum

Calum hatte sich den Tatsachen gestellt. Tatsachen, die bedeuteten, dass er Susan jeden Tag im Büro sehen würde und dass Fiona ihn heute Morgen ignoriert hatte.

Nun saß Susan auf der roten Couch im anderen Zimmer, denn ihre Möbel würden erst im Laufe des Tages geliefert werden, und recherchierte etwas, womit Kat sie beauftragt hatte. Durch die immer offen stehende Tür konnte er sie bestens beobachten. Ihr langes, blondes Haar fiel seidig über ihre Schulter und verbarg ihr konzentriertes Gesicht zur Hälfte. Er selbst versuchte, sich von dem quälend schlechten Gewissen zumindest so weit zu befreien, dass er seine geballte Aufmerksamkeit den Freshzone-Unterlagen zukommen lassen konnte. Doch immer wieder musste er daran denken, dass er so etwas Wichtiges wie Fionas Kündigung (denn das musste es gewesen sein) vergessen hatte und zermarterte sich das Hirn, wie er es wiedergutmachen könnte. Susans Anwesenheit half dabei wenig, ganz im Gegenteil: Sie warf noch etliche Schaufelladungen Schuld auf seinen Misthaufen aus Selbstvorwürfen.

Doch nun zur Arbeit! Seit mehreren Wochen bemühte er sich um ein Treffen mit einem bestimmten Minister, wurde aber immer wieder vertröstet, und allmählich lief ihm die Zeit davon. Wenn kein Wunder geschah, würde Freshzone den knallharten Preiskampf gewinnen und künftig dominieren.

In einem wenig verständlichen Akt von Willenskraft stand er mit einem Ruck auf und ging zu Susan. Man musste dem Feind ins Auge sehen, um ihn zu besiegen, dachte er, erkannte dabei aber sehr wohl, dass Susan kein Feind war. Aber eine Gefahr. Je normaler er mit ihr umging, desto normaler und somit weniger gefährlich würde sie werden.

„Und, wie kommst du voran?“, fragte er und steckte die Hände in die Taschen. Ihre vollen Lippen glänzten unter einem sanften, rosafarbenen Gloss, der den gleichen Ton hatte wie ihr T-Shirt. Seit wann fielen ihm derartige Dinge auf?

„Sehr gut, vielen Dank! Es ist total interessant. Ich recherchiere gerade das Erntevolumen von Erdbeeren und bin gerade bei Waterford“, erklärte sie ihm mit leuchtenden Augen, und da war es wieder: Dieses vertraute Gefühl, glücklich zu sein, wenn sie es war. Er schluckte und griff sich fahrig ins Haar.

„Ah, das ist gut. Ich brauche die Daten bis morgen, weil ich da einen großen Klienten in Wexford besuche“, presste er mit einem gezwungenen Lächeln hervor. Noch immer strahlte sie und nickte begeistert. Die Anziehung, die sie auf ihn ausübte, war beinahe unheimlich, denn ohne es zu wollen, lehnte er sich mit einer Schulter an die Wand und stellte ein Bein über das andere.

„Wenn du willst, kannst du gerne mitkommen." Wer hatte das gesagt? Er nicht! Er erstarrte.

„Wie bitte?", flüsterte Susan mit stockender Stimme, und Calum spürte die neugierigen Blicke der anderen in seinem Rücken brennen. Doch bevor er einen Rückzieher machen konnte, jubelte Susan bereits: „Oh, gern, ja, sicher! Es wäre toll, einen Klienten kennenzulernen. So könnte ich mir in echt anschauen, woran ich arbeite!"

Calum war über die erneute Kurzsichtigkeit seines Angebots schockiert. Ein ganzer Tag mit ihr, zwei Stunden hin, zwei Stunden zurück, im Auto, neben ihr, nur mit ihr! Unwirsch schüttelte er den Kopf. Es fühlte sich wie eine Grenzüberschreitung an und so, als würde er Fiona allein dadurch betrügen.

„Es sei denn, du willst nicht. Sag es bitte ehrlich", versuchte er, sich herauszureden, und lächelte einladend.

„Wie bitte? Nein, warum sollte ich nicht wollen? Und ob ich will! Ich freue mich riesig!"

„Okay, schön." Er versuchte, Freude zu heucheln, doch die Panik musste ihm deutlich ins

Gesicht geschrieben stehen. „Wo wohnst du denn, vielleicht kann ich dich abholen?“, bot er mit trockener Stimme an.

„Ganz im Zentrum. Und du?“

„In Blanchardstown.“

„Oh“, sagte sie, und ihre Lippen formten das O noch lange, nachdem es verklungen war. „Das ist ein Stück, besonders im Berufsverkehr. Vielleicht können wir uns auf der Strecke treffen, dann musst du nicht extra in die Stadt kommen?“

„Ja, das ist eine gute Idee“, fand er, nickte und atmete aus, denn bei ihrer Reaktion auf den Namen des Vororts hatte er unwillkürlich die Luft angehalten. Bestimmt war sie Besseres gewohnt, aber gut, dass sie eine Liga zu hoch für ihn war, das hatte er sich ja schon mehrmals ein für alle Mal klar zu machen versucht. Vergeblich. „In Dun Laoghaire vielleicht? Kannst du dahin kommen?“

„Klar, das ist ein Katzensprung mit der *Dart*. Ich freue mich echt!“

„Ich mich auch“, sagte er, und das war nur halb geschwindelt, auch wenn er sich bewusst war, dass er einen großen Fehler beging.

11 Susan

Das Treffen mit dem Klienten in Wexford war Susans erstes Businessmeeting überhaupt und dementsprechend aufgeregt war sie. Auch wenn Alexandra und Rick beim Anblick ihres Outfits die Nasen gerümpft und die Köpfe geschüttelt hatten, so war sie sich sicher, dass ein knielanges, weißes Chiffonkleid mit in großen Pinselstrichen gemalten, roten Blütenblätter und dazu passenden, blauen Wildledersandalen mit einem acht Zentimeter hohen Absatz das absolut passende Outfit waren.

Mit wehender Mähne und in ihrem neuen Power-Walk schritt sie aus dem Bahnhof von Dun Laoghaire, wo Calum sie abholen sollte. Suchend sah sie sich um, doch konnte sie nirgends einen Wagen entdecken, der zu ihm gepasst hätte. Sie hielt die Hand schützend über die Augen, da die Sonne gerade blendend hell schien, und drehte und wendete sich. Doch nirgends war ein Firmenwagen zu sehen. Da kam ein alter, roter Jeep herangebraust und bremste keine drei Meter von ihr entfernt scharf ab.

Erschrocken machte sie ein paar Schritte zurück. Dass die Leute heutzutage auch so unbeherrscht sein mussten! Doch dann ging die

Fahrertür auf und Calums Kopf tauchte dahinter auf. „Hey, Susan! Hier bin ich!", rief er gut gelaunt, winkte und lachte auch noch!

Das konnte doch nicht wahr sein! Ein ausgebleichter, roter Jeep! Noch dazu einer, der seit Wochen nicht mehr gewaschen worden war! Sie wollten heute doch Eindruck schinden, war er denn von allen guten Geistern verlassen?

„Hi Calum, guten Morgen!", würgte sie hervor, gab sich einen Ruck und ging mit merklich gedämpfter Power zu ihm.

Er kam um die Autotür herum und schaute sie an. Auch wenn er ihr nicht auf den Busen starrte, so musterte er sie dennoch eingehend, und, seinem Lächeln nach zu urteilen, gefiel ihm, was er sah. Zumindest anfangs. Dann verschwand sein Lächeln wie ein Stein, der ins Meer fällt. Lautlos, schnell und auf Nimmerwiedersehen. Ausdruckslos schaute er sie an und bat sie, einzusteigen.

Susan ihrerseits fand seine Bartstoppeln wider Erwarten extrem sexy, ebenso wie sein zum Auto passendes Outfit: braune Sportschuhe, eine lässige Jeans und ein einfaches, weißes T-Shirt, das seinen kräftigen Körperbau unglaublich gut zur Geltung brachte. Bis zu dem Moment, in dem das Lächeln aus seinem Gesicht gefallen war, hatte sie gespürt, wie wohl er sich in seiner Haut fühlte. Viel wohler als in dem Anzug.

Sie hingegen fühlte sich absolut unwohl in ihrem Chiffonkleid. Sie beide hätten unterschiedlicher nicht sein können! Was für eine völlig abartige Idee, sie könnte ernsthaft an ihrem Chef interessiert sein! Sie war für eine Vorstandssitzung zurechtgemacht, während er genauso gut direkt mit dem Holzhacken hätte anfangen können.

„Sorry wegen des Autos. Es war mein erstes, und irgendwie kann ich mich nicht davon trennen", erklärte er mit einem entschuldigenden Lächeln.

„Ach, das macht doch nichts. Mir gefällt es, wenn Menschen an Dingen hängen", sagte sie und stellte erst danach fest, dass es der Wahrheit entsprach.

Schweigend fuhr er los, und nach einer Weile meinte Susan: „Hey, die Musik ist echt richtig gut!"

„Ja?", fragte er mit großen Augen. „Du magst Cat Stevens?"

„Oh ja, wer tut das nicht? Ich meine, ich mag seine Sachen, die er als Cat Stevens gemacht hat. Mit Yusuf Islam kann ich leider nicht mehr so viel anfangen."

„Ich auch nicht, aber das hier ist einfach großartig!", freute er sich und grinste über das ganze Gesicht.

Sie kurbelten die Fenster herunter, der Fahrtwind fuhr in Susans Haar und wirbelte es herum, sodass sie es mit der Hand zusammenhielt, und beide sangen aus Leibeskräften mit:

„I can't keep it, I've got to let it out –

I've got to show the world, world's got to see

See all the love, love that's in me, I said:

Why walk alone, why worry when it's warm over here

You got so much to say, say what you mean

Mean what you're thinkin', and think anything

Oh why, why must you waste you're life away"

Während sie so sangen und den Rhythmus mit den Fingern mit klopften, spürte Susan die Lebensfreude in jeder Zelle ihres Körpers. Jeder Zweifel, jede Sorge war in diesen Minuten wie weggeblasen. Cat Stevens hatte recht: Warum verschwendete man sein Leben? In ihrem Fall an Männer, die sie nicht haben konnte und die sie noch dazu nicht glücklich machten?

Nach einigen Nummern stellte Calum die Musik wieder leiser, drehte sich mit einem befreiten Lächeln zu ihr und sagte beinahe geschäftlich: „So, also,

Wexford. Wir brauchen noch knapp eine Stunde. Warst du schon mal dort?"

„In Wexford? Nein, noch nie. So eine Schande, was?", gestand sie und lachte. Leider gekünstelt, denn Reiseziele waren ein wunder Punkt in ihrem Leben. Außer Dublin, Liverpool (mit der Fähre), London und ein Wochenende in Barcelona kannte sie keine großen Städte und auch in Irland nur wenige Orte.

„Ach, was heißt Schande! Es ist schön dort, ich glaube, es wird dir gefallen."

„Da bin ich mir sicher. Außerdem will ich ja was lernen."

„Das ist immer gut. Sag, bist du ursprünglich aus Dublin?"

Susan setzte sich auf ihre schwitzenden Hände und schaute auf ihre Füße. „Nein, nicht direkt. Also, nicht im Zentrum. Von etwas außerhalb", wich sie aus.

„Ah! Nord oder Süd – oder West?", fügte er hinzu und lachte.

„Nordwest", murmelte sie und schaute aus dem Fenster. Merkte er denn nicht, wie unwohl ihr bei dem Thema war?

„Ah! So wie ich! So was wie Blanchardstown, oder?"

„Fast", würgte sie hervor, denn auch wenn zwischen Blanchardstown und ihrem Teil von Finglas nur ein paar Kilometer lagen, so waren es doch Welten.

Nun schwieg auch Calum und schaute sie fragend von der Seite an. „Du redest nicht gerne über deine Herkunft, kann das sein?", fragte er dann beinahe zärtlich. Zumindest war seine Stimme so, dass es sich anfühlte, als würde ein Stück Samt über ihre Haut streichen.

„Nein." Sie atmete aus und drehte sich wieder zu ihm. „Aber erzähl du doch mal, woher du kommst."

„Ich? Also, ich habe mein ganzes Leben im County Kerry verbracht, in einem kleinen Ort in der Nähe von Dingle." Er lachte kurz auf, und seine Augen nahmen einen verklärten Ausdruck an. „Bis vor Kurzem haben wir dort alle zusammen auf einem Bauernhof gewohnt. Na ja, nicht mehr allein. Ein paar Geschwister sind schon ausgezogen, aber jetzt eben als Vorletzter auch ich, weil mein Bruder Lorcan ihn geerbt hat und ihn jetzt mit seiner Familie bewirtschaftet. Wir waren einfach zu viele für den Hof, da ist das nun mal der Lauf der Dinge."

„Dann sind deine Eltern tot?", fragte sie beklommen.

„Nur mein Vater. Er starb vor zwei Jahren an den Folgen eines Sturzes. Er wollte das Dach richten und da ist es passiert." Er nahm kurz die Hände vom Lenkrad, bevor er es wieder fest umklammerte und nickte grimmig.

„Oh, das tut mir sehr leid", sagte sie und versuchte, es ehrlich zu meinen und seine Trauer nachzuempfinden, wobei das unmöglich war, denn der Tod ihres Vaters hatte sie vor allem erleichtert.

„Danke. Mir auch. Er war ein herzensguter Mann, war immer zu einem Späßchen aufgelegt und sah immer nur das Gute im Menschen. Er war eben einer vom alten Schlag." Der verklärte Blick war noch immer da, und Susan hätte ihm am liebsten die Hand auf den Arm gelegt, unterließ es aber. „Meine Mutter lebt noch. Sie kümmert sich um die Hühner und Schweine. Die Kühe mochte sie nie, warum, weiß kein Mensch. Dabei sind Kühe so gemütliche und friedliche Tiere!"

„Ja, im Ernst?", staunte Susan und lachte, denn noch nie hatte sie über das Wesen einer Kuh nachgedacht.

„Oh ja. Wie sie muhen und wie wohl sie sich fühlen, wenn man sie streichelt …Und sie riechen so gut, ganz warm … wie ein Zuhause."

Susan schluckte, denn ein so tiefer Einblick in sein Innerstes überwältigte sie. Das war anders als bei Richard, bei dem sie nicht mal die Namen der Kinder kannte!

„Das klingt wirklich sehr schön", sagte sie andächtig und von ein wenig Scheu erfüllt.

„Deswegen kenne ich mich so gut in der Landwirtschaft aus. Ich kenne die Freuden, aber auch die Sorgen und Nöte. Ich weiß, was das Leben auf einem Hof bedeutet. Jeden Tag, sieben Tage die Woche, muss man früh aufstehen, um die Tiere zu versorgen. Sie brauchen einen. Man ist eins, verstehst du? Das klingt für viele abschreckend und nach viel Stress, aber für mich war die Beständigkeit und die Verbundenheit mit der Natur das schönste Leben." Beide schwiegen, bevor er schüchtern hinzufügte: „Es fehlt mir."

„Mhm …", war alles, was Susan dazu sagen konnte, denn sie hatte keine Ahnung, wovon er sprach. Sie kannte Finglas, später auch das Zentrum und den Rest von Dublin, Spas, Sonntagsbrunche, ihr Haus in der Orange Street, die Nächte durchfeiern und ausschlafen am Wochenende. Vielleicht war sein altes Leben auf dem Land der Grund, warum Calum so reif, ruhig und beinahe weise wirkte.

Nach ein oder zwei Kilometern nahm er das Gespräch wieder auf. „Stell dir vor – ich war erst einmal in Edinburgh, sonst war ich noch nie weg!“

„Noch nie?“, staunte Susan so sehr, dass sie mit der Stirn beinahe gegen das Handschuhfach stieß.

„Hey, was ist daran so schlimm? Glaubst du mir etwa nicht?“, fragte er amüsiert. Es schien ihm nichts auszumachen, als Idiot oder - sie errötete – Bauerndepp da zu stehen.

„D -doch“, stotterte sie. „Sicher. Nichts ist daran schlimm. Gar nichts!" Sie drehte den Kopf zum Fenster und unterdrückte ein blubberndes Lachen, das aus ihr herausbrechen wollte.

„Und du? Reist du gern?"

Das Blubbern legte sich, und nachdenklich antwortete sie: „Gern? Gern ja."

„Aber?"; fragte er vorsichtig.

„Aber nicht viel."

„Nicht viel?"

„Ein klein bisschen mehr als du", gestand sie, legte die Unterarme zwischen die Beine und kicherte.

„Soll heißen?"

„Barcelona, Liverpool und London."

„Waaas?" Beinahe kam der Wagen von der Fahrbahn ab.

„Da staunst du, was?", lachte sie nun und schaute ihn aus ganz großen, leuchtenden Augen an. Nichts von der Welt gesehen zu haben, war gar nicht so schlimm! Es kam nur darauf an, mit wem man sich gerade unterhielt.

„Und ob. Ist das dein Ernst?"

„Ja!", antwortete sie gefasst und schaute eine Weile geradeaus. Als sie sich sicher genug fühlte, dass nichts Schlimmes passieren würde, sagte sie mit gesenkter Stimme: „Ich bin in Finglas aufgewachsen."

„In ... Finglas? Auf der …"

„Auf der ganz schlechten Seite."

„Ho …", machte Calum und ließ den Mund offen stehen. Offensichtlich hatte es ihm die Sprache verschlagen.

Nach einer ganzen Weile und einem mehrmaligen hörbaren Schlucken sagte er: „Das hätte ich nie vermutet. Echt nicht. Nimm das als Kompliment, aber nicht als Urteil über die Gegend. Du hast es wirklich weit gebracht! Hut ab."

„Danke", flüsterte sie verlegen und spürte, dass ihre Wangen scharlachrot leuchten mussten. „Du aber auch."

„Nicht so weit wie du."

Schweigend fuhren sie durch die irische Landschaft, die durch unzählige Nuancen von Grün das Auge und die Sinne betörte. Susan fühlte sich leicht und so, als hätten sich etliche Fragmente ihres Ichs zusammengefügt. Vielleicht würde sie bald ein ganzer Mensch werden, dachte sie voll Hoffnung, und wäre nicht länger einer, der aus unzähligen Splittern und Bruchstücken bestand.

Sie hoffte es mit so einer Inbrunst, dass ihr Atem stockte und sie das Gefühl hatte, ihr Herz würde jeden Moment aus ihrem Brustkorb platzen.

12 Calum

Die Fahrt über hatte Calum hin und her überlegt, ob an Susans Outfit noch etwas zu retten wäre. Sie sah absolut bezaubernd aus, aber die Frage, die er sich stellte, war: Was hatte sie an Erdbeerernte - Landwirt - Bauernhof - Felder nicht verstanden? Instinktiv wusste er, dass er sie mit einem Kommentar zutiefst gekränkt hätte, und das wollte er nicht. Menschen mussten zu ihren Entscheidungen stehen und daraus lernen, oder nicht? Abgesehen davon war immer noch die Persönlichkeit weitaus wichtiger. Nur hätte sie in diesem Aufzug blendend zu seinem letzten Bankgespräch gepasst und sollte er, was er nicht hoffte, einen weiteren Kredit beantragen müssen, würde er sie bitten, ihn zu begleiten. Und zwar genau so. *Dressed to kill.*

Nun ja, der Ausdruck war nicht im ursprünglichen, aber doch im wörtlichen Sinn zu verstehen, denn so gefährlich wie sie auf ihren dünnen Absätzen über den unebenen, lehmigen Weg zu den Erdbeerfeldern schritt, konnte einem angst und bange werden. Sie würde sich die Beine brechen!

Ein ums andere Mal hatte er schon seinen Arm ausgestreckt, um sie aufzufangen und zu stützen, zog ihn jedoch immer gerade noch rechtzeitig zurück. Er merkte, dass er ihr ihren Stolz lassen musste, dass sie sich selbst aus dem Irrsinn, also der Überbewertung von Äußerlichkeiten, befreien und in diesem Fall ganz einfach die Stöckelschuhe ausziehen musste! Die lehmverkrusteten Gummistiefel, die John O'Shea ihr angeboten hatte, hatte sie dankend und mit einem heroischen Lächeln abgelehnt, eine Entscheidung, die sie spürbar zu bedauern begann. Angestrengt versuchte sie, mit den Männern Schritt zu halten. Und genauso angestrengt versuchte Calum, sich auf das Gespräch mit dem Landwirt zu konzentrieren, und nicht auf Susan, die sich tapfer vorwärts kämpfte.

Sie kamen zu den Feldern und zügig ging John O'Shea voran. Ein entsetztes Quieken entfuhr Susan, als sie in das frisch gewässerte Beet trat. Alarmiert drehte Calum sich zu ihr um und entdeckte sie erst nach einem Augenblick, denn sie war plötzlich so viel kleiner! Er wollte ihr gerade die Hand reichen, als sie mit einem Ächzen einen Fuß nach dem anderen aus dem Matsch zog und sich die wahrscheinlich völlig ruinierten Wildlederschuhe von den Füßen riss. Dabei grinste sie halb verlegen, halb überlegen und marschierte von nun an trittsicher mit.

Auch wenn Calum auf diese Reaktion gehofft hatte, so hatte er sie nicht ernsthaft erwartet, denn dass eine so makellose Frau aus der Stadt nun barfuß über Würmer und feuchte Erde ging, überraschte ihn sehr. Zu seinem Schrecken stellte er jedoch gleichzeitig fest, dass sie damit schon wieder etliche Pluspunkte bei ihm gesammelt hatte. Dabei wollte er die doch gar nicht vergeben!

„Aber auf das Wetter haben wir keinen Einfluss, verstehen Sie, was ich meine?“, unterbrach O'Shea Calums wenig geschäftstüchtige Gedanken mit seinem hohen Wexforder Näseln. Konnte Susan überhaupt verstehen, was der Mann sagte? Nicht nur inhaltlich, sondern schon rein phonetisch? Einige irische Dialekte waren selbst für Iren schwer zu verstehen und der O'Sheas gehörte definitiv dazu.

„Dieses Jahr war es ungewöhnlich trocken. Kaum Niederschläge, ich weiß“, antwortete Calum und verschränkte die Arme vor der Brust.

John nahm sein Käppi ab und fuhr sich über sein spärliches, grau-schwarzes Haar. „Schauen Sie, ich schwitze schon allein von dem kurzen Spaziergang hier raus. Was soll man dazu noch groß sagen? Auch die Erdbeeren und alles andere haben Durst. Natürlich ist die Sonne für die Süße der Früchte ideal, aber sie vertrocknen, und wir müssen viel mehr gießen als sonst. Das alles kostet! Wäre ja alles nicht so schlimm, wenn wir die Preise an die Verbraucher weitergeben könnten. Aber gerade jetzt steht der Freshzone-Deal ins Haus und dann ist es aus mit der Maus“, scherzte er halbherzig und lachte besorgt.

„Der Deal ist wirklich zerstörerisch. Ich tue, was ich kann, aber die Kerle sind einfach so groß und mächtig. Die schrecken vor nichts zurück. Da kommt man als normaler Mensch erst mal gar nicht mit, verstehen Sie?“

„Ah, bestimmt, bestimmt. Mir brauchen Sie das nicht zu erzählen.“ John schüttelte betrübt den Kopf. „Freshzone erpresst uns damit, dass, wenn sie uns nicht kleinkriegen, einen Großteil ihrer Ware aus Großbritannien beziehen können. Solange der Brexit nicht durch ist, zumindest.“ Wieder lachte er traurig und rieb sich über die Stirn.

Calum sank innerlich in sich zusammen. Er wusste, wie mächtig Freshzone und der mit ihrer juristischen Vertretung und Beratung beauftragte Anwalt war. Er kannte die Wurzel des Problems aus erster Hand. Genau deswegen wusste er, dass es unendlich schwer werden würde, etwas gegen sie auszurichten. Er seufzte und rieb sich nachdenklich den Nacken. Woher sollte er die konkreten und am besten sofort umsetzbaren Lösungsvorschläge nehmen, auf die die Landwirte so drängend warteten? Die Erdbeersaison dauerte nur noch ein paar Monate, danach war es zu spät. Vorbei für dieses Jahr und vielleicht für immer.

Ein dicker Kloß bildete sich in seinem Hals und in seinem Magen.

„Was meinen Sie, *lad*?“, fragte O’Shea mit einem Schimmer Hoffnung in seinem Blick, der Calum den Rest gab. Er wollte dem Mann, dessen Lebensgrundlage von einer reichen und zu einem angemessenen Preis verkäuflichen Ernte abhing, so gern helfen. Der Mann vertraute ihm und baute all seine Hoffnung auf ihn.

Wie konnte er ihm nur helfen?

Calum hob den Blick und schaute still zum Himmel, über den noch immer kein einziges Wölkchen zog.

13 Susan

Der Dreck an den Füßen war ... gewöhnungsbedürftig, dachte sie und schmunzelte unwillkürlich, denn beinhaltete dieses euphemistische Modewort nicht, dass man sich in der Tat an die ungewohnten Umstände gewöhnen würde?

Halb konzentrierte sie sich auf die baldige Gewöhnung, halb folgte sie dem Gespräch zwischen den beiden Männern, von dem sie, auch im aussichtslosen Kampf um das Gleichgewicht gefangen, kein Wort verpasst hatte. Jetzt schwiegen die beiden und hingen ihren Gedanken nach, während Susans ratterten. Sie sah John seine tiefe Besorgnis über die unsichere Zukunft an. Aber da war noch etwas, das sich wie eine kalte Hand um ihr Herz legte, und das war seine Wehmut, mit der er den Abschied von einer ihm vertrauten und ans Herz gewachsenen Lebensart vorwegnahm. Wie musste Calum sich bei seinem Entschluss, nach Dublin zu gehen, gefühlt haben? Auch so – sie suchte nach einem passenden Wort - entwurzelt? Das Wort hatte sie schon einmal gehört, hatte aber keine Verbindung dazu und kein Gefühl dafür, weil sie – sie schluckte – in ihrem Leben *vor den Freunden* nie Wurzeln geschlagen hatte. Nicht in ihrer Familie, nicht in Finglas und erst recht nicht in einer ihrer zahllosen Affären. Und während die Menschen in der Stadt das andauernde schöne Wetter feierten, litten die Menschen auf dem Land und die Natur darunter. Aber darüber konnte sie später sinnieren, jetzt gab es weitaus dringendere und wichtigere Fragen. Wenn sie alles richtig verstanden hatte, ging es um Absatzmärkte, eine … Moment. Sie dachte nach, überlegte hin und her, kam zu dem Entschluss, dass die Idee durchaus umsetzbar und erfolgsversprechend war, räusperte sich und schaute die beiden Männer leicht unsicher an. Während O'Shea sie neugierig musterte, konnte Calum seine Panik nicht gänzlich verbergen. Dennoch fasste sie Mut und sagte: „Entschuldigen Sie bitte, wenn ich als Neuling mich einmische."

„Bitte, sagen Sie, was Sie auf dem Herzen haben!" Sean lachte und kratzte sich am Kopf.

„Also, ich nehme an, dass Sie es bereits mit Bauernmärkten versucht haben, oder?"

„In der Gegend hier gibt es zu wenige Menschen, damit solche Märkte sich lohnen würden. Weil, verstehen Sie, die meisten bauen selbst an, oder haben kein Geld, oder sind schon längst in die Stadt gezogen", erklärte der Landwirt nachsichtig. Er schien es ihr anzuerkennen, dass sie sich Gedanken machte, aber sie nicht für voll zu nehmen.

„Okay“, sagte sie aufgeregt und mit schwindender Zuversicht, da der Bauer sich gerade von ihr wegdrehte. „Und Verkaufsstände an der Straße?“

O'Shea hielt in seiner Drehung inne und kam zu ihr zurück. Langsam hob und senkte er den Kopf, die Augen gespannt verengt.

„Wie meinen Sie das, Miss?“

„Also, was ich damit meine, ist, dass der Verkehr auf dem Weg hierher ganz schön dicht war. Touristen, Einheimische, die einen Ausflug machen, um das außergewöhnlich schöne Wetter zu genießen.“ Sie wagte es, einen Blick auf Calum zu werfen, und stellte fest, dass er ihren Ausführungen wie gebannt folgte.

„Es wäre doch bestimmt nicht sehr aufwendig, an der Straße einfach Verkaufsstände aufzubauen? Für die braucht man keine Lizenz, das weiß ich. Dort könnten Sie frische Erdbeeren in Schälchen, vielleicht auch schon geschnitten und mit Sahne oder Vanilleeis anbieten. Ich bin mir sicher, dass viele auf der oft langen Fahrt gern für eine wirklich lokale Erfrischung anhalten und auch den gerechten Preis bezahlen würden …“ Sie hätte noch lange weiterreden können, denn die Ideen quollen in ihrem Kopf nur so über. Aber da die Männer sie mit immer größer werdenden, leuchtenden Augen und sich immer weiter hebenden

Mundwinkeln anschauten, hielt sie inne und wartete auf die ersten verbalen Reaktionen.

John O'Shea sprach als Erster. Er schlug Calum kräftig auf den Rücken und lachte laut los. „Das hört sich für mich nach einer echt guten Idee an! Und wir können theoretisch sofort damit beginnen!"

Calum verkniff sich sein breites Grinsen, so gut es ihm möglich war. Bestimmt versuchte er, sich als Geschäftsmann zu gebärden. Trotzdem stimmte er in das Lob mit ein. „Ja, wirklich. Absolut. Ich sehe großes Potenzial darin. Jeder, der einen Ausflug macht oder im Urlaub ist, der durch diese schöne Landschaft fährt, will sich etwas gönnen. Die Leute werden den angemessenen Preis bezahlen, da bin ich mir sicher. Und vielleicht schaffen wir es so sogar, das Bewusstsein für die Dumping-Preise in Supermärkten und besonders bei Discountern zu erhöhten. Das ist …"

„Eine super Idee!", unterbrach O'Shea ihn und reichte Susan vor Freude lachend die Hand. „Danke, Miss. Sie haben mich stark überrascht, wenn ich das sagen darf, und mir mehr als nur den Tag gerettet! Sie hat der Himmel geschickt!" Wieder nahm er sein Käppi ab, fuhr sich über das spärliche Haar und ließ den Blick in die Ferne schweifen. „Und wisst ihr was, lads? Ich kann echt nicht verstehen, dass wir nicht selber darauf gekommen sind!" Wieder lachte er, und

Susan merkte, dass ihm ein Stein vom Herzen gefallen war.

Noch nie hatte Susan sich so stolz gefühlt. Sie war kurz davor, vor Freude in die Luft zu springen. Denn da war mehr als Stolz: Sie erkannte, dass sie endlich, vielleicht zum ersten Mal in ihrem Berufsleben, etwas wirklich Gutes und Sinnvolles getan hatte. Und dieses Gefühl erfüllte sie mit tausend Mal mehr Freude als der Stolz.

Nach einer Weile verabschiedeten sie sich von John O'Shea, dem Susan hatte versprechen müssen, die anderen Bauern persönlich von der Idee zu unterrichten. Er hatte ihr einen Brunnen gezeigt, in dem sie ihre verdreckten Füße waschen konnte, und seine Frau Annmary hatte ihr ein Handtuch sowie Erfrischungen gebracht.

Diesmal hielt Calum die Autotür für sie auf und wartete, bis sie - noch immer barfuß, denn die teuren Wildledersandalen waren für immer ruiniert - eingestiegen war. Aber wer brauchte schon Wildledersandalen, wenn es um Erdbeeren und das Leben von so vielen Menschen ging? Von einem zum anderen Ohr grinsend machte sie es sich auf dem Sitz bequem, verschränkte die Arme vor der Brust und schaute aus dem Fenster, während Calum den Wagen zurück auf die Straße lenkte.

„Das war echt gute Arbeit, Susan!", lobte er sie noch einmal und sah sie mit unverhohlener Anerkennung im Blick an. „Das hätte ich echt nicht von dir erwartet."

„Nein?" fragte sie und bemühte sich, den Stich, den ihr seine Worte versetzten, nicht zu zeigen.

„Nein, um ehrlich zu sein nicht. Aber ich bin immer bereit, mich vom Gegenteil überzeugen zu lassen. Und die Idee lag zwar auf der Hand - nur kam niemand darauf! Das ist großartig. Wirklich. Ich bin mir sicher, dass es funktioniert und dass die Landwirte so weniger erpressbar werden."

Susan lächelte, und das Glück floss wie goldenes Sonnenlicht durch ihre Adern. Licht, das von Calums Herzen aus seinen Augen strömte und die Welt für sie zum Leuchten brachte.

14 Calum

Calum lächelte bis über beide Ohren, als er später vom Schwimmbad kam, wo er eine Stunde lang seine Bahnen gezogen hatte.

Er lächelte, weil er nicht an Fiona, sondern an Susan dachte. Ihre überschäumende Freude, ihr heller, klarer Blick, ihre tiefe Stimme, einfach alles an ihr ließ ihn fühlen, als würde er unter freiem Himmel in einem Whirlpool sitzen. Über ihm die Sterne, Tannenduft in der Nase, einen torfigen Whiskey auf dem Gaumen und das Blubbern, das gleichermaßen belebte wie entspannte. Genau wie Susan es tat. Seit wann war er so ein Poet? Mit diesem Gefühl wollte er einschlafen und wieder aufwachen … Schnell die Augen schließen, bevor es wieder zum Streit kam. Einfach so tun, als wäre Fiona nicht da … Nur einmal …

Sein Wunsch wurde nicht erhört, sondern im Gegenteil jäh zerstört, als er die Wohnung betrat und Fiona auf dem Sofa sitzend in eine Klatschzeitschrift vertieft vorfand. Jetzt, da er nicht anwesend gewesen war, trug sie Ohrstöpsel für ihre quietschige, nervenaufreibende Popmusik!

„Du bist wieder zu spät dran. Ich habe schon allein gegessen. Wie immer", sagte sie anklagend, die Augen noch auf den Artikel gerichtet, und zog die Stöpsel aus den Ohren.

Calums Lächeln fiel aus seinem Gesicht und landete krachend auf den Fußboden. Willkommen im wirklichen Leben. Tief atmete er ein, straffte die Schultern und setzte sich auf den Sessel, der ihr gegenüberstand. Noch immer stumm spreizte er die Beine, legte die Arme darauf und schaute sie ernst an. „Fiona, können wir reden?"

Sie stieß ein abfälliges Prusten aus, hob den Kopf und blitzte ihn verächtlich an. „Worüber denn?"

„Darüber, dass es mir unendlich leid tut, dass ich deine Kündigung vergessen habe. Ich kann mir überhaupt nicht erklären, wie das möglich ist! Aber in mir ist nicht der Funke einer Erinnerung!", erklärte er mit ehrlicher Verzweiflung in der Stimme und einem Flehen um Verständnis in den Augen. Hilflos drehte er die Handflächen zur Decke. „Ich muss wirklich viel zu viel arbeiten, wenn das so ist", seufzte er. „Fiona …" Er machte eine Pause und räusperte sich, doch sie ließ ihn nicht weitersprechen, sondern stand brüsk auf und ging zur Anrichte, auf der sie sich mit einer Hand abstützte.

„He", schnaubte sie abfällig und reckte das Kinn in die Höhe. „Kein Wunder. Ich meine, schau dich doch an! Du bist nie da!" Sie stieß sich ab und fing an, im Zimmer auf und ab zu gehen. „Mein ganzes Leben ist dir doch egal! Und das, obwohl ich alles, ALLES aufgegeben habe, um mit dir hierherzukommen!“, fauchte sie und stampfte auf. Ihr Gesicht war wutverzerrt und sie spuckte beim Sprechen.

Calum senkte den Kopf und fuhr sich mit beiden Händen übers Haar. „Ich weiß, ich weiß“, flüsterte er verzweifelt, bevor er sich wieder aufrichtete und ihr in die Augen schaute. „Ich weiß, dass ich ein schrecklicher Partner war. Ich weiß es und es tut mir so unendlich leid, Fiona!“

„Ha. Ha. Ha. *Partner*“; giftete sie. „Das ist genau der Punkt! Ich bin nicht dein *Partner*, ich bin deine Freundin und wollte deine Frau werden! Nicht mehr und nicht weniger!“

Calums Blut gefror in seinen Adern. „Ja, natürlich bist du meine Freundin. Aber du bist doch auch meine Partnerin im Leben, oder nicht?“ Benommen sah er sie an.

Wieder stampfte sie mit dem Fuß auf und streckte den Arm nach ihm aus. „Ich will aber nicht dein Partner sein! Ich will mein altes Leben auf dem Bauernhof zurück! Ich will heiraten, Kinder kriegen, mich um die Tiere und den Obstgarten kümmern und am Sonntag mit den anderen Frauen Bingo spielen!“ Sie schrie so schrill, dass die Gläser klirrten und Calum sich beinahe die Ohren zugehalten hätte.

„Fiona!“, rief er ungläubig und sprang mit wachsender Verzweiflung auf. „Du weißt doch genau, dass es keinen Bauernhof mehr gibt, zu dem wir zurückgehen könnten! Deswegen sind wir doch hier!“

„Und verkacken unser Leben in einer ... einer Wohnung vom Reißbrett! Eine, die aussieht wie tausend andere! Und statt was wirklich Wichtiges zu tun, bringe ich wildfremden Leuten das Essen an den Tisch und räume nach einer halben Stunde das Geschirr wieder weg! Das ist doch kein Leben!“, plärrte sie. „Das ist eine Zumutung! Ich will Kinder! Und zwar jetzt! Wie lange soll ich noch warten?”

Vergeblich versuchte Calum, den Kloß in seinem Hals hinunterzuschlucken. „Ich ... ich weiß nicht. Ein paar Jahre?“

„Ein paar Jahre!? Verarschst du mich jetzt total, oder was? Ich bin 24!”

Erschrocken und in einem schwachen Versuch, sie zu beruhigen, hob Calum die Hände. „Okay, okay! Sorry. Ein Jahr. Ist ein Jahr okay?”, fragte er eingeschüchtert und wäre um ein Haar vor ihr auf die Knie gesunken.

Doch Fiona stieß nur ein gehässiges Lachen aus, drehte den Kopf über die Schulter, den Fuß nach außen und stemmte die Hand in die Hüfte. „Ein Jahr. Dass ich nicht lache. All meine Schwestern und

Freunde haben schon Kinder! Und wir reden noch nicht mal vom Heiraten! Das ist absolut lächerlich!"

„Ja, ich weiß, Fiona, ich weiß! Aber wir können heiraten, wenn du willst. Und du musst nicht im Pub arbeiten, das weißt du doch genau! Ich habe dir doch schon oft eine Stelle in der Agentur angeboten. Es wäre die ideale Lösung! Du kennst dich in der Sache aus, bist schlau, wir könnten zusammen etwas aufbauen, würden mehr Zeit miteinander verbringen, und wir könnten andere Bauern vor dem Bankrott retten!", versuchte er, ihr mit wachsender Begeisterung zu erklären, und streckte ihr die offenen Hände entgegen.

Fiona jedoch grunzte nur und verengte die Augen. „Das Letzte, was ich will, ist, mit dir zusammenzuarbeiten. Wozu soll das gut sein? Damit du mich noch besser kontrollieren kannst und noch mehr Macht über mich hast?" Sie spuckte die Worte in den Raum, als wären sie aus einem frischen Schlangenbiss gesaugtes Gift.

Calum traute seinen Ohren nicht. „Macht? Kontrolle? Wovon redest du?" Er schnappte nach Luft. „Wo bitte schnüffle ich dir nach? Und wo stehst du unter meiner Fuchtel? Sag mir das, bitte! Wo? Gib mir ein Beispiel!" Nun schrie auch er.

Da aber schwieg sie, und so fuhr er fort: „Ich habe weder Macht noch Kontrolle über dich und will es auch nicht. Ich verstehe nicht, wieso du dich eingesperrt oder so was in der Richtung vorkommst!" Verzweifelt legte er die Hände vors Gesicht und schüttelte den Kopf. Wie hatte es so weit kommen können? Und vor allem: Woher kam das alles?

„Doch. Ich fühle mich eingesperrt und kontrolliert. Ich wäre nie mit nach Dublin gekommen, wenn ich gewusst hätte, dass es so endet!"

Calum zitterte vor Wut. Er beugte sich zu ihr vor und sah sie mit einem Blick an, der scharf wie ein Säbel war. „Und ich dachte, du bist meinetwegen mitgekommen! Weil du mich liebst! Ich dachte, wir ziehen am gleichen Strang und du unterstützt mich! Ich verdiene das Geld, das du und später unsere Familie braucht! Mit dem Bauernhof wären wir schon längst verhungert!" Erbost fuchtelte er in der Luft herum. „Sag mal, kannst du dich echt nicht mehr daran erinnern, dass wir nicht mal ins Kino gehen konnten? Wie alt und zerschlissen unsere Kleidung war? Dass du deine Zeitschriften erst Wochen später lesen konntest, wenn sie jemand schon komplett zerfleddert in der Bücherinsel abgelegt hatte? Ist das alles weg? Alles?" Auch er schrie und spuckte dabei. Dann rang er nach Atem und starrte sie an, als wäre eine fremde Macht in seinen Körper gefahren. Nach einer Weile sprach er ruhiger weiter: „Der Hof bringt nicht genug für uns alle ein, Fiona, das weißt du genau. Wir hatten keine andere Wahl!"

Er richtete sich auf und spürte, wie nicht nur die Wut und der angestaute Atem aus ihm wich, sondern auch, wie sich seine Sicht klärte. Fiona und er sahen längst jeder eine andere Welt. Wo er Rosen sah, sah sie Dornen. Wo er einen leckeren Fisch aß, verzichtete sie wegen der Gräten. Wann genau hatten sie angefangen, sich in entgegengesetzte Richtungen zu entwickeln? Und warum hatte es so lange keiner von ihnen bemerkt?

Sie riss den Kopf zurück und fauchte, beide Hände in die Hüften gestemmt. „Es gibt immer eine andere Wahl. Und ich will mehr. Was du mir bietest, ist nicht genug."

Calum stöhnte und schüttelte den Kopf. „Okay, sag mir, was du willst. Willst du studieren, eine Ausbildung machen? Ich kann bestimmt noch einen Kredit dafür aufnehmen!"

Sie machte eine abwehrende Geste. „Spar's dir, Calum. Du musst nichts für mich tun. Oder glaubst du etwa im Ernst, ich will bis an mein Lebensende in deiner Schuld stehen?"

Calum fühlte sich, als wäre er nach einem aussichtlosen Boxkampf zu Boden gegangen. Mit trüben Augen sah er sie an, öffnete den Mund, um etwas zu sagen, doch kein Ton kam heraus. Wie auch, wenn er für das, was geschehen war, keine Worte kannte?

Fiona machte ein paar Schritte in Richtung Küche, blieb dann stehen, schaute ihn über die Schulter an und sagte mit vor Gift triefender Stimme: „Ach, übrigens, Calum …“ Ihr Blick fixierte ihn und ein bitterböses Lächeln umspielte ihre Lippen. „Du hast meine Kündigung gar nicht vergessen. Ich habe dir nie davon erzählt. Es war mir einfach egal.“

15 Susan

Sanft drückte Susan die Autotür zu, sah Calum noch mal durchs Fenster an und hob die freie Hand zu einem letzten Gruß. In der anderen hielt sie die verkrusteten Wildledersandalen. Da er noch etwas im Büro zu tun hatte, hatte er den kleinen Umweg gemacht und sie bis zur Haustür gefahren. Sie richtete sich auf und schaute dem ausgeblichenen, roten Jeep nach.

Ihr Gang hatte sich des kühlen Stolzes entledigt und ihn durch eine lebendige Elastizität ersetzt. Verträumt lächelnd und vor sich hin summend ging sie ins Haus. Sie konnte sich nicht erinnern, wann sie sich zuletzt so wohl in ihrer Haut gefühlt hatte.

Calum *sah* sie, das spürte sie. Da war etwas Warmes, Durchlässiges, Einladendes in seinem Blick. Etwas wie Wohlwollen. Lange hatte sie nach dem Wort gesucht und Harper war es gewesen, der es zunächst auf Deutsch gefunden und dann übersetzt hatte. Goodwill. Mehr als *Goodwill*, hatte Harper erklärt. *Wohlwollen*. Wenn er es sagte, rollte es sanft über seine Lippen. Ja, vielleicht war das, was Calum am meisten ausmachte: sein Wohlwollen. Dass er anderen nichts Böses wünschte.

Sie trat ein und prallte zurück, denn Rick landete mit einem Satz von der Treppe vor ihren Füßen und ruderte mit den Händen in der Luft, um das Gleichgewicht zu behalten. „Hey, Susan! Schön, dass du da bist! Lust auf Erdbeerbowle? Komm, Alex und Harper sind auch schon da."

„Erdbeeren?", gackerte sie. „Wenn ihr sie nicht zum Schleuderpreis erstanden habt, immer gern!", stimmte sie begeistert zu und schalt sich im Stillen dafür, dass sie nicht daran gedacht hatte, John O'Shea ein paar Körbchen abzukaufen.

„Schleuderpreis?", fragte Harper verdutzt und ging voran in den Garten. „Das musst du uns näher erklären."

„Aaaalso - Hallo erst mal!", rief sie in die Runde und hob die Hand.

„Woah, Susan, was ist denn mit dir passiert? Du siehst aus, als hättest du fürs Dschungelcamp trainiert!", rief Alex mit weit aufgerissenen Augen und kippte fast über die Lehne der Loungebank.

„He he", kicherte sie „Fast! Aber nicht ganz. Ich war im irischen Outback … janz weid draußen … bei einem Erdbeerbauern im County Wexford. Und daha .." Sie holte tief Luft und erzählte alles der Reihe nach.

„Mensch, Susan, das ist ja schon wieder eine super Nachricht! Ich bin gespannt, womit du uns morgen überraschst“, rief Alexandra, sprang auf und drückte sie kurz.

„Ja, echt spitze!“, riefen die Männer und klatschten lobend in die Hände.

„Also, wenn das so weiter geht mit deiner Karriere, dann dürfte sich das Thema *Chef und Mann mit Geld* ja bald erledigt haben“, fand Harper und reichte ihr ein Glas mit Bowle.

„Ja? Wieso meinst du das?“, fragte Susan mit leuchtenden Augen. „Weil ich genügend Geld für mich selbst verdienen kann, oder was?“ Sie kicherte und legte die Hand vor den Mund.

„Ja, natürlich! Susan, du machst noch richtig Karriere, das spüre ich!“ Harper prostete ihr noch einmal zu. „Zumindest brauchst du keinen Mann, der dir schöne Sachen kaufst, weil du sie dir selbst kaufen kannst.“

Susan führte das Glas an den Mund, hob die Schultern, grinste verschämt und nahm dann einen tiefen Schluck. „Ah, ist das köstlich! So gut … Einfach Erdbeer-irisch-fantastisch!“, seufzte sie und ließ sich glücklich auf die Bank plumpsen.

Es wurde ein lustiger Abend, ganz nach ihrem Geschmack, bei dem Harper und Rick Gitarre spielten und Melanie Rick dazu überreden wollte, auch endlich mal was Richtiges zu arbeiten.

In dem gleichen elastisch-schwungvollen Gang wie am Vortag betrat Susan am nächsten Tag das Büro. „Guten Morgen, alle miteinander!“, trällerte sie, woraufhin alle gut gelaunt zurück grüßten. Einzig Calum war noch nicht da, was sie sowohl enttäuschte als auch erleichterte.

„Wir haben schon von deiner rettenden Idee gehört. Calum rief vor zwei Minuten an. Super gemacht, Susan!“, gratulierte Sean ihr, gab ihr ein Daumen-Hoch und kam auf sie zu. Das war das erste Kompliment ihres Lebens von einem Kollegen! In ihr blubberte es vor Freude, und verlegen lachend bedankte sie sich.

„Ich glaube, dass du noch sehr viel zu unserem weiteren Erfolg beitragen wirst, Susan“, sagte die ruhige Kat. „Es ist super, dass Calum dich eingestellt hast!“

„Da bin ich ganz Kats Meinung“, pflichtete Eamon ihr bei, und Susan spürte, was Calum mit *Engagement* gemeint hatte. Das gesamte Team stand voll hinter der Sache, etwas, das man von den Leuten in der Kanzlei nicht behaupten konnte.

Susan hatte versucht, sich den Kollegen stilmäßig anzupassen und ein dunkelblaues Leinenkleid mit einer Kordel als Gürtel, das sie normalerweise nur in der Freizeit trug, und flache Sandalen gewählt. Auch jetzt, als sie an der

Kaffeemaschine auf ihren Kaffee wartete, staunte sie wieder, wie anders die Welt von durchschnittlich acht Zentimetern weiter unten aussah. Sie schmunzelte und kicherte fröhlich in sich hinein. Auch für Haare und Make-up hatte sie heute weit weniger Zeit aufgewendet als üblich und fühlte sich trotzdem wohl. Natürlich war sie ordentlich frisiert, hatte aber nur einen leichten Lidschatten, Wimpertusche und einen hellen Lipgloss aufgetragen, sonst aber auf etliche weitere Tricks verzichtet, die jahrelang zu ihrem distanzierten Auftritt beigetragen hatten. Es passte einfach nicht mehr zu ihrem neuen Lebensgefühl, bei dem sie keine Maske mehr brauchte, um sich zu schützen. Hier war sie sicher, hier würde ihr nichts Schlimmes passieren, das wusste sie.

Als Calum ein paar Minuten später ins Büro kam, spürte Susan ein warmes Kribbeln auf ihren Armen und drehte sich mit einem breiten Lächeln zu ihm um. Seine Reaktion irritierte sie jedoch, und sie runzelte die Stirn, denn ein oder zwei Augenblicke lang schien er vergessen zu haben, dass es einen Grund zum Lächeln gab. Als er sich dann jedoch daran erinnerte, zogen sich auch seine Mundwinkel nach oben. Wiederum einige Momente später erfasste es seine Augen und da war er wieder, der Calum, den sie kannte und bei dem sie sich so wohl und geborgen fühlte. Hatte er Sorgen, von denen sie nichts wusste?

Oder spielte auch er ein falsches Spiel? Das Blut erstarrte in ihrem Körper, sie fühlte sich schwach, fing sich aber rasch wieder.

Nein - nicht Calum, hoffte sie und verfolgte mit weit geöffneten Augen, wie er auf sie zukam und sie direkt ansah. Sie spürte, dass er sie berühren und vielleicht sogar umarmen würde, auch wenn sie wusste, dass das völlig ausgeschlossen war. Ihre Hände zitterten und klammerten sich an der Tasse fest, damit sie es nicht wäre, die ihn berührte. Sie schluckte, legte schon den Kopf in den Nacken, so nah war er ihr inzwischen gekommen, doch im allerletzten Sekundenbruchteil schlug er einen Haken und - ignorierte sie. Und da war es wieder - sein Gesicht ohne Lächeln. Entsetzt wich sie auf die andere Seite aus und stotterte „Oh, oh, sorry, ich habe gar nicht bemerkt, dass ich dir im Weg stand."

„Kein Thema. Wie geht's dir?", erkundigte er sich mit seiner üblichen ruhigen Stimme und schaltete den Wasserkocher für Tee an.

Nervös strich Susan sich zweimal die gleiche Strähne hinters Ohr, bevor sie mit gesenktem Blick flüsterte und schüchtern aufsah.: „Sehr gut, ich freue mich auf die Arbeit an den Verkaufsständen und allem, was dazu gehört."

„Das freut mich zu hören. John O'Shea hat mich heute schon angerufen. Er hat alles mit seinen Söhnen besprochen und sie wollen schon am

Wochenende mit dem Verkauf anfangen. Du schreibst am besten gleich den Bericht. Am wichtigsten ist der erhoffte Erlös, wobei der natürlich nur eine grobe Schätzung sein kann. Doch nur mit Prognosen können wir mehr Landwirte für die Idee begeistern. Wir können ja nicht alle besuchen, und so müssen wir sie telefonisch oder schriftlich informieren."

„Und zu ihrem Glück zwingen? Meinst du nicht, sie probieren es einfach so aus?", fragte Susan ehrlich überrascht. Was war schon dabei! Ein Stand an der Straße, da hatte man doch nichts zu verlieren!

„Ha!" Calum stieß ein Lachen aus und seine Augen blitzten. „Da kennst du die Leute schlecht, Susan. Einige können schon ganz schön engstirnig und eingefahren sein."

„Ach, so ist das … Okay. Kein Thema, ich fange gleich an. Und dann bereiten wir auch noch eine Liste mit den wichtigsten Schlagwörtern oder Stichpunkten vor, warum es gut ist, direkt vom Bauern zu kaufen, okay? Das könnten wir auf Planen drücken, die an den Ständen aufgehängt werden."

„Top, mach das! Das ist eine super Idee! Aber noch was zu dem Bericht, also dem Schreiben, das wir rausschicken: Blähe es nicht zu sehr auf, das schreckt auch wieder ab. Die meisten sind einfache Leute, die mehr vom gesunden Menschenverstand halten als von furchteinflößenden Powerpoint-Präsentationen." Calum gluckerte vor Lachen, und Susan errötete, weil sie, wie gestern mit ihrem Outfit, schon wieder in die gleiche Falle getappt wäre. Für das wenigste im Leben brauchte man überteuerte Experten und eine beeindruckende Aufmachung – sei es bei der Kleidung oder bei der Vermittlung von Ideen. Was zählte, war der Inhalt.

„Ist gut. Ich fange gleich damit an."

„Sehr gut", krächzte er und schaute sie weiterhin stumm an, weshalb auch sie reglos stehen blieb und einfach nur seinen Blick erwiderte. Mit belegter Stimme sagte sie schließlich: „Du, Calum … Ich wollte dir für die Gelegenheit danken, dass ich hier arbeiten kann. Mir ist klar, dass du mit meiner Anstellung ein großes Risiko eingegangen bist, aber ich hoffe, dass ich dich auch weiterhin nicht enttäusche, sondern viel zur Verbesserung der Lage der Landwirte in Irland beitragen kann."

Ein großes, flammendes Leuchten huschte über Calums Gesicht, bevor er schluckte und mit ernster Stimme antwortete: „Ich muss zugeben, dass ich sehr positiv überrascht bin. Gleichzeitig habe ich aber auch so ein Gefühl, dass noch viele unentdeckte Talente in dir schlummern und dass du dich bei uns garantiert gut einleben kannst." Er hielt sich die Faust vor den Mund und räusperte sich, wobei er zu Boden blickte. „Ich bin froh, dass du bei uns bist, Susan. Ehrlich." Erst, nachdem er fertig gesprochen hatte, blickte er wieder auf und ihr direkt in die Augen.

Susan spürte, dass ihre Wangen so rot wie reife Erdbeeren wurden, und brachte mit viel Mühe ein heiseres „Danke“ hervor.

„Weißt du, ich habe mir überlegt, dass eine Rolle, in der du mehr Kundenkontakt hast, noch besser zu dir passen würde“, sagte er unvermittelt, als sie sich bereits zum Gehen wenden wollte.

Abrupt blieb sie stehen. Das Blut waberte in ihren Adern und das Rot ihrer Wangen verdunkelte sich zu dem glühender Kohlen. „E... im Ernst? So wie gestern?“

Calum nickte und nahm einen Schluck Tee, ohne sie aus den Augen zu lassen. „Genau, wie gestern. Weißt du, ich kenne die Landwirtschaft in- und auswendig. Das hat viele Vorteile, aber auch Nachteile, wie mir jetzt klar geworden ist. Ein frischer Wind, eine neue Sichtweise, das ist genau das, was wir brauchen! Ab heute bist du Chief Operations Manager!“, verkündete er stolz und lachte sie an. „Wow, eine Beförderung nach gerade mal zwei Tagen, das soll dir mal einer nachmachen!“

„Chief Operations Manager?“, hustete Susan ungläubig. Der Raum drehte sich. Blitzschnell tastete sie nach dem Tisch, schloss die Augen und stieß tatsächlich ein Quieken aus, das sie wie ein fröhlicher Hundewelpe klingen ließ. „Oh. Mein. Gott“, stammelte sie überwältigt und presste die Füße flach auf den Boden, um das Drehen anzuhalten.

Calum strahlte sie an, sprach aber ernst und entschieden weiter: „Bevor du dich aber allein mit Kunden triffst, musst du erst über alles bestens Bescheid wissen. Deswegen wirst du in den nächsten Wochen viel assistieren, zuhören, über die Schulter schauen. Und frag immer, wenn dir etwas nicht klar ist oder wenn dir sonst etwas auffällt, okay?“

„Natürlich! Und wie! Und wie!“ Sie führte die Arme vor der Brust zusammen und legte die gefalteten Hände vor Mund und Nase. Und da berührte Calum sie tatsächlich. Bekräftigend und beinahe kollegial drückte er ihre Schulter. Ein Stromstoß nach dem anderen peitschte durch ihren Körper. Die Zeit stand still. Sie schloss die Augen und spürte seine Berührung wie einen zähflüssigen, heißen Fluss aus geschmolzenem Gold durch sie strömen. Wie stark und zugleich leicht seine Hand war. So männlich … Sie öffnete die Augen und erkannte das gleiche Staunen in Calums Gesicht. Er riss seine Hand weg und schüttelte sie, als hätte er sich verbrannt.

„Okay, gut, also dann, bis später“, nuschelte er und ging hastig davon.

„Hey, warte! Willst du später was trinken gehen?“, rief sie ihm leise nach und schlug sich entsetzt vor den Mund. Zu spät. Die Worte schwebten bereits im Raum. Wie in Zeitlupe blieb er stehen und drehte sich zu ihr um. Die Überraschung in seinem Gesicht war noch deutlicher zu sehen als zuvor.

„Nach der Arbeit. Zum Feiern. Ich meine …", verhaspelte sie sich und hätte sich am liebsten in Luft aufgelöst. Vor Scham und Aufregung zitterte sie am ganzen Körper. Wie konnte sie nur! Die Worte waren einfach so aus ihr herausgeplatzt. Dabei hatte sie noch nie in ihrem ganzen Leben einen Mann, der derartige Elektroschocks durch ihren Körper schickte und ihre Sinne benebelte, zu einem Drink oder sonst etwas eingeladen. Noch nie!

Bestimmt würde er ohnehin ablehnen, dachte sie fiebrig, während seine Lippen lautlos Buchstaben formten. Calum Doherty war so ein aufrichtiger, gewissenhafter Mann, dass es völlig ausgeschlossen war, dass er mit einer weiblichen Angestellten allein etwas trinken gehen würde. Sie wollte gerade hinzufügen: „Die anderen lade ich natürlich auch ein", als er ihr zuvorkam.

„Klar. Sicher. Warum nicht. Drinks. Zur Feier des Tages." Er nickte und lächelte mehr gequält als glücklich, und Susan verfluchte sich innerlich. „Also, um fünf, bei Davy's vorne am Eck? Bis dahin sollte ich mit dem Meeting fertig sein. Wenn nicht, rufe ich dich an", ratterte er hölzern herunter und nickte mehrmals.

„Gut", hauchte Susan und machte, dass sie an ihren Computer kam, um ihr glühendes Gesicht hinter dem Bildschirm zu verstecken. Der PC stand jetzt zwar auf ihrem eigenen Schreibtisch, der wiederum befand sich jedoch in Calums Büro.

16 Calum

Die einzig freien Plätze waren im Barbereich. Calum war früher als erwartet fertig geworden und mit dem Ergebnis seiner Besprechung sehr zufrieden. Nun saß er allein an dem kleinen Ecktisch und wippte nervös mit den Füßen.

Normalerweise hätte er sich etwas Entspannteres als das schicke Davy's ausgesucht, aber er wollte Susan eine Freude bereiten. Für seinen Geschmack war die Musik zu elektronisch und zu laut und die Getränke überteuert, aber nun, er würde es verkraften. Abgesehen davon hatte das Lokal den Vorteil, dass ihn niemand erkennen würde, der auch Fiona kannte, wobei das ohnehin nicht mal eine Handvoll Leute in Dublin waren.

Nur einen Drink, sagte er sich ein ums andere Mal. Nur einen, danach würde er ins Auto steigen und hinaus nach Blanchardstown fahren, zu seinem Zuhause, das sich gar nicht wie eins anfühlte. Mit Grauen dachte er an Fiona. Noch immer hatte er keine Ahnung, wie er die Dinge mit ihr wieder geradebiegen sollte und welche gemeinsame Zukunft es für sie gab. Das, was sie trennte, schien weit größer zu sein als das, was sie gemeinsam hatten.

Doch da tauchte Susan vor ihm auf. Atemberaubend weiblich, mit weich schwingenden Hüften und einem verschmitzten Lächeln. Seine trüben Gedanken fegten wie dunkle Wolken aus dem schwach beleuchteten Raum und ließen die Sonne scheinen. Auch wenn Susan heute flache Schuhe und ein einfacheres Kleid trug, strahlte sie immer noch eine Welterfahrenheit und Überlegenheit aus, bei der er sich wie ein Tölpel vom Land vorkam. Zumindest solange, bis sie vor ihm stand, denn von dem Moment an vergaß er alle Unsicherheiten und Bedenken und fühlte sich kribbelig, aber auch auf unerklärliche Weise rundum wohl.

Er stand auf und zog den Stuhl für sie vom Tisch hervor. Der Tisch war so klein, dass sie nur neben ihm, aber nicht ihm gegenüber Platz nehmen konnte und prompt stießen ihre Knie zusammen. Wieder jagten mehrere hundert Volt durch ihn hindurch, bevor er aufgekratzt lachte.

„Hallo! Na, wow, ich hätte dich gar nicht in so einem Laden vermutet“, stellte sie fest, woraufhin er nur die Schultern zucken konnte.

„Was trinkst du denn?“, fragte er stattdessen und ging zur Bar, um ihren Cosmopolitan und ein Glas von dem billigsten Bier, das hier verkauft wurde, zu holen.

Susan bedankte sich und rutschte aufgeregt auf ihrem Stuhl herum.

„Also dann: Glückwunsch! Auf dich!“, sagte er viel zu laut, was sie aber glücklicherweise nicht bemerkt zu haben schien.

Sie nahm einen kleinen, eleganten Schluck. „Danke dir. Auf Emerald Land!“

„Auf dich! Du hast echt Talent“, lobte er sie und nahm selbst einen schnellen, großen Schluck.

Sie schmunzelte und schüttelte den Kopf. „Du musst mich für ganz schön albern halten, dass ich mich so darüber freue, was?“

Stumm schüttelte er verzückt den Kopf und merkte, dass er sich noch weiter zu ihr lehnte, obwohl er ohnehin schon dicht bei ihr saß. Jede Logik und Vernunft waren längst verloren, denn er konnte schlichtweg nichts dagegen tun. Susan war wie ein Magnet, er der Nord-, sie der Südpol, oder umgekehrt. Auf alle Fälle zogen sie sich unaufhaltsam weiter an.

„Nein, ich finde dich überhaupt nicht albern. Im Gegenteil. Ich freue mich, dass du dich so freust und dass du deine Freude zeigst.“

„Ja?“, hauchte sie mit großen Augen. Wie konnte eine Frau nur so schön sein! Und das Verheerende dabei war, dass sie all das nicht spielte. Nein, sie wirkte vollkommen natürlich, etwas, das er ihr auf keinen Fall zugetraut hätte.

„Absolut“, bekräftigte er, nickte und nahm einen weiteren großen Schluck.

„Ich bin selbst überrascht von mir, verstehst du? Bei Fitzgerald & O'Leary habe ich nur langweilige Sachen gemacht und meine größte Verantwortung waren die exakt sechs Minuten Ziehzeit von Richards Tee!“ Sie lachte und lehnte die Stirn an ihre aufgestützte Hand.

Wie weich ihre Stimme war … wie Samt oder Seide … oder der Flaum eines Kükens. Sein Blick suchte ihren, auch wenn, oder gerade weil er wusste, wie sehr er ihn aus dem Gleichgewicht bringen konnte.

„Weißt du, für den Job braucht man keinen teuren Abschluss, sondern gesunden Menschenverstand, Ideen und Leidenschaft.“ Bei dem letzten Wort flammte ihr Blick auf, und Calum hüstelte verlegen. „Dass du von allem genug hast, sieht man dir an“, sagte er dennoch und merkte erst zu spät, dass er sich damit noch weiter in brenzlige Gefilde manövriert hatte.

Zunächst hatte er ihre sicherlich spontane Einladung ablehnen wollen, und zwar aus genau der Befürchtung heraus, die sich jetzt bewahrheitete: Er konnte sich einfach nicht an ihr sattsehen, und das Verlangen, sie zu berühren, seine Hände durch ihr langes, seidiges Haar gleiten zu lassen, sie an sich zu ziehen, ihren so zerbrechlich wirkenden Körper an seinem zu spüren, wuchs ins Unermessliche. Und sie küssen. Endlich. Mehr denn je wollte er ihre Lippen auf seinen spüren, seine Zunge in ihren Mund stupsen, stoßen, eintauchen, die Sinne verlieren. Wie lange würde er diese süßen Qualen noch ertragen können?

Die Arbeit? Wovon redete sie da? Sie redete. Gut. Denn das bedeutete, dass sie sich nicht küssten. Wie verwirrt er war!

„Die Arbeit bei dir ist so viel erfüllender als in der Kanzlei, wo es nur um Aus- und Ansehen geht. Dort ist es egal, ob man Gutes oder Schlechtes tut, Hauptsache, das Geld fließt und man kann einen weiteren Sieg vor Gericht verbuchen. Aber das hast du ja selbst erlebt", redete sie vor sich hin, und er wurde den Eindruck nicht los, dass sie nur redete, um ihre Nervosität zu überspielen.

„Willst du noch einen?", fragte er rasch, zeigte mit dem Kinn auf das leere Glas vor ihr und war schon aufgestanden, bevor sie antworten konnte.

Überrascht schaute sie zu ihm hoch. „Ja, gern!", antwortete sie mit einem blubbernden Lachen und stand ebenfalls auf. „Aber diesmal bin ich dran. Was für ein Bier trinkst du?"

Sollte er sich die Blöße geben und die billige Marke nennen oder sie in unfaire Unkosten stürzen? Warum nur musste sie …?

„Oder hättest du vielleicht auch gern einen Cocktail? Ich lade dich ein." Sie trat so schwungvoll zwischen Tisch und Stuhl hervor, dass das Tischchen wackelte und die Gläser klirrten.

„Cocktail?"

„Ja, sicher! Einen mit Whiskey? Magst du Whiskey?"

Benommen nickte er.

„Eher nicht so süß, richtig?"

Wieder nickte er und setzte sich, überwältigt von so viel weiblicher Energie und Initiative, auf seinen Stuhl. Hatte jemals eine Frau ein Getränk für ihn ausgegeben? Nein, wohl eher nicht. Zumindest fiel ihm keine ein.

„Dann lass dich überraschen! Ich finde was Gutes für dich!", rief sie über die Schulter und zwinkerte ihm keck zu.

17 Susan

„Wow, wer hätte das gedacht!“, gluckste Susan und lachte so laut, dass sie die Musik übertönte. Musik, die ihr normalerweise die Laune verdorben hätte, aber sie genoss jeden Augenblick mit Calum und fürchtete, dass er bei dem Vorschlag eines Ortswechseln nüchtern werden und nach Hause fahren könnte.

„Wer hätte was gedacht?“ Calum griff nach seinem vierten Pint, das vor dem Meer aus leeren Gläsern stand. Denn obwohl die Lounge so chic und teuer war, hatte sich niemand der Bediensteten darum geschert, abzuräumen. Vielleicht sollte ein randvoll zugestellter Tisch aber auch ein eindeutiges Signal dafür sein, dass es Zeit war, mit dem Trinken aufzuhören und nach Hause zu gehen. Doch daran wollte Susan nicht im Entferntesten denken, nein – überhaupt nicht. Weder volle Tische noch grauenhafte Musik würde sie von hier wegbekommen. Dafür war jede Sekunde viel zu kostbar. Bei ihren früheren Dates war sie stets angespannt gewesen und hatte schon an den Sex gedacht, ob er sie dabei gut und sexy fände, um dann beim Sex darüber nachzudenken, ob und wann er sie heiraten würde.

Mit Calum war das anders. Mit ihm befand sie sich vollkommen im Jetzt und Hier, hörte, was er sagte, dachte darüber nach, lachte, schmunzelte, nickte, fühlte sich verstanden und angenommen.

Dazu kam, dass sie immer neue Details in seinem Gesicht, an seinen Händen und Armen entdeckte. Hier ein Muttermal, dort ein süßes Grübchen. Und immer wieder berührten sich ihre Knie und Arme wie zufällig. Immer wieder. So oft, dass es kein Zufall mehr sein konnte. Besonders, wenn sich keiner von beiden sofort zurückzog.

„Ach, ich meine, dass du ... na, irgendwie wie ein Fisch aus dem Wasser ... also am Land bist", kicherte sie.

Calum legte den Kopf in den Nacken, seine Finger auf die Tischkante und lachte röhrend. Dabei hüpfte sein Adamsapfel auf und ab, was Susan dazu brachte, sich unbewusst über ihre mittlerweile glosslosen Lippen zu lecken. Wenn er sie doch nur endlich küssen würde! Wer hätte gedacht, dass Calum Doherty, ihr Chef aus der Einöde, so unwiderstehlich sexy war! Ein Gentleman, aber mit roher Naturgewalt. Ohne die Allüren der Staranwälte. Einfach nur Calum, Calum, der Hirte, Retter der Landwirte und ihrer Seele.

Wie stark seine Hände waren. Und seine Arme, seine Schultern und Brust … Auch wenn er kein Geld hatte und sein beruflicher Erfolg eher bescheiden war, so hatte er etwas, dass all ihren früheren Liebhabern gefehlt hatte. Das war ein natürliches, gesundes Selbstvertrauen, innere Stärke und Integrität.

Susan war sich - soweit es die vielen Drinks zuließen - durchaus bewusst, dass sie in seiner Gegenwart wie Erdbeerreis in der Sonne schmolz und vielleicht nur Unsinn brabbelte. Wenigstens schien ihn das nicht zu stören. Schon beim ersten Cosmopolitan hatte sie den aussichtslosen Kampf gegen die Vernunft eingestellt und ließ sich stattdessen auf den sanften Wogen ihrer ersten unschuldigen Verliebtheit treiben. Dass er ihr Chef war – geschenkt, dachte sie beschwipst, denn wie gesagt, er hatte gar nichts von einem typischen Chef an sich.

„Wenigstens stehen meine Hosen nicht vor Matsch und ich rieche nicht mehr nach Kuhstall“, antwortete er glucksend und nahm noch einen Schluck.

„Kuhmist und Matsch? Du doch nicht! Aber ich „, ich musste nach dem Erdbeerabenteuer fast mein ganzes Outfit wegwerfen!“, rief sie und warf übertrieben die Arme in die Luft.

„Im Ernst?“, fragte er sichtlich erschrocken. „Aber das war doch so schön … Wie schade …Ich kaufe dir ein neues Kleid und Schuhe …“ Betreten schaute er sie an.

„Was? Nein! Bitte bloß nicht!“, rief sie plötzlich beinahe panisch. Nicht schon wieder ein Chef, der ihr Kleidung kaufte! Abgesehen davon würde Calum vom Glauben abfallen, wenn er wüsste, wie viele hundert Euro jedes einzelne Teil gekostet hatte. „Ich habe genug davon und bin mir sicher, dass die Reinigung das alles wieder hinbekommt“, fügte sie lächelnd hinzu, auch wenn es vollkommen aussichtslos war, da das Kleid Risse hatte. Aber das Michael Kors-Kleid war ein kleines Opfer für das, was sie dafür bekommen hatte.

„Wirklich? Bist du sicher?“ Der intensive Blick aus seinen jetzt blau-grau schimmernden Augen schickte mehrere warme Wellen durch ihren Körper. Laut atmete sie aus und umklammerte ihr Pint-Glas mit beiden Händen, als könnte sie sich so davor bewahren, in seinen Augen zu ertrinken. Außer seinen Augen und seinem markanten Gesicht, in das sich Wind und Wetter eingegraben hatten, gab es keine Welt mehr. Sie war trunken – vor Glück, vor Liebe, vor … nun ja, auch anderem, aber das war nebensächlich.

Heimlich, zumindest glaubte sie das, rutschte sie mit ihrem Stuhl noch einen Zentimeter näher an seinen. Mittlerweile trennte sie nur noch eine Handbreit – so nah … zum Greifen, zum Küssen, zum sich-fallenlassen-und-aufgefangen-werden-nah! Könnte sie … ja, sie könnte. Es wäre ein Leichtes, sich genau diese Handbreit zu ihm zu lehnen, die Augen zu schließen, die Lippen zu schürzen und …

Aber es wäre falsch! Falsch! Die Alarmglocken schrillten. Chef war Chef, egal mit wie viel Geld oder Macht.

Doch da war eine weitere Macht, und die war stärker als all ihre Bedenken. Die Macht des Begehrens, das von ihm ausging. Mit einem Mal lag seine große, warme Hand federleicht in ihrem Nacken, zog sie sanft an ihn und noch bevor sie die Augen schloss, berührten seine Lippen ihre. Süß stöhnte sie auf, rutschte näher, erwiderte seinen Kuss und strich mit beiden Händen über seine Brust und seinen Rücken. Voller Hingabe öffneten sich ihren Mund. Zärtlich und mit einer Vorsicht, als würde sie unter zu viel Sturm und Drang zerbrechen oder davonlaufen, glitt seine Zungenspitze über ihre, umkreiste sie, streichelte und leckte sie und drang schließlich tiefer in ihren Mund ein. Susan wimmerte vor Glück und Erregung, die wie kleine Lichtfunken in ihr aufstiegen und zu einem überwältigen Feuerwerk werden konnten, noch nicht gleich, aber bald, später … nur nicht hier. Mit einem Ruck, in dem all sein aufgestautes, nicht länger unterdrückbares Verlangen hervorbrach, zog er sie auf seinen Schoß. Ein gleißendes Zittern rann durch ihren Körper, als sie die Hitze und Härte seiner Männlichkeit an ihren Schenkeln spürte. Vorsichtig drückte sie dagegen; er unterbrach den Kuss, legte den Kopf in den Nacken und mit vor Lust verschwommenen Augen sah sie, dass seine Lider flatterten und ein schwaches Stöhnen aus seinen leicht geöffneten Lippen drang. Sie nahm sein Gesicht in beide Hände und wollte ihn gerade weiter küssen, als er sie jäh von sich stieß.

„Nein, Susan, nicht! Nicht!", japste er mit plötzlicher Panik in den Augen und in der Stimme. „Wir ... ich ,,," Hilflos fuhr er sich immer wieder durchs Haar. „Das geht nicht. Ich darf nicht. Ich kann nicht. Ich ... ich habe ... eine Freundin!"

Peng!,

platzte die Seifenblase und mit ihr zerbarsten die schillernden Farben des Traums.

Natürlich. Was sonst? Kein Geld bedeutete nicht zwangsläufig keine Freundin. Natürlich musste er zumindest eines davon haben! Wieso hatte sie nicht daran gedacht und ihn gefragt!

„Es tut mir so leid, so leid, Susan!", rief er verzweifelt und mit Schmerz verzerrtem Gesicht.

Susan saß wie versteinert da. Sie fühlte sich, als hätte ihr jemand einen Betonklotz an die Beine gebunden und auf der Irischen See über Bord geworfen. Langsam, aber unaufhaltsam wurde sie nach unten gezogen, das Licht wurde schwächer, die letzten Luftblasen brachen aus ihren Lungen an die Oberfläche und dann war nichts mehr.

18 Calum

Beinahe wieder nüchtern krabbelte Calum in Blanchardstown aus dem Taxi und stolperte durch den Nieselregen auf das Wohngebäude zu. Ausgerechnet heute brannte in ihrer Wohnung noch Licht. Nicht, dass er Fiona seinen - erneuten - Fehltritt verheimlichen wollte, nein, er hätte nur lieber mit der Beichte gewartet, bis er wieder nüchtern war und nicht mehr Susans Lippen auf seinen spürte.

Vor Aufregung schwer atmend öffnete und schloss er ein ums andere Mal die Fäuste. Umzudrehen und sich zu verdrücken kam nicht infrage. Tapfer blickte er dem in der Wohnung verschanzten Feind ins Auge. Gut, das war übertrieben und zudem hinkte das Bild, aber, hey - er war betrunken! Betrunken von vier Pints auf ein Sandwich am Mittag und vier kleine Chipspackungen, die er sich mit Susan geteilt hatte.

Es war kein guter Zeitpunkt für den Orkan aus Anschuldigungen und Vorwürfen, die ihm gleich um die Ohren fliegen würden. Er wusste, es gab keine Worte, mit denen er das Geschehen mildern konnte. Dass es sein erstes Fremdgehen überhaupt war, zählte nicht. Ebenso wenig wie die Tatsache - sein Herz machte einen plumpen Sprung –, dass er sich nicht erinnern konnte, jemals einen auch nur im Ansatz vergleichbaren Kuss mit Fiona erlebt zu haben. Das war das Letzte, was er ihr sagen durfte.

Warum hatte er Susan überhaupt geküsst? Es passte nicht zu ihm, nicht zu der Person, die er 26 Jahre lang gewesen war, oder zu sein glaubte. Hatte er sich aufgrund von Fionas kaltem Verhalten und ihrem Streit dazu hinreißen lassen? Wäre Susan auch dann wie eine Naturgewalt über ihn hereingebrochen, wenn mit Fiona alles beim Alten gewesen wäre? Aber was war das schon: *alles beim Alten?*

Todesmutig schloss er die Tür auf und stieß gegen den Schirmständer, der polternd zu Boden fiel. Wild entschlossen, sofort reinen Tisch zu machen, stapfte er weiter ins Schlafzimmer. Vier Pints hatten ihn nicht so betrunken gemacht, dass es bei einigen anderen Männern vielleicht als Ausrede für das Fremd-Küssen gegolten hätte, dennoch waren es zu viele für einen sicheren Gang und wohl überlegtes Handeln.

Er drückte die Tür auf und trat ein. Fiona lag auf einen Unterarm gestützt im Bett, Ohrstöpsel drin, eine Zeitschrift vor sich. Mit einem Ruck zog er ihr die Musik aus den Ohren, denn anders gelang es ihm anscheinend nicht mehr, ihre Aufmerksamkeit auf sich zu lenken.

„Hey! Was machst du hier?“ Sie funkelte ihn wütend an.

„Wir müssen reden“, stieß er schwer atmend hervor. Zunächst verblüfft, dann hämisch grinsend schaute sie ihn an und richtete sich langsam auf. „So geht das nicht mehr weiter!“, schrie er mit einer ungeahnten Wut, die ihn selbst erschreckte. Er hatte noch nicht einmal mit seinem Geständnis begonnen, da sah sie schon so aus, als würde sie jeden Augenblick die besten Tassen an die Wand schleudern.

„Ja, genau! Endlich mal ein weises Wort von dir! *Wir müssen reden.*“

Lauernd wie hungrige Wölfe fixierten sie einander.

Etwas an ihrer Körpersprache oder ihrem Blick sagte Calum, dass er sie reden lassen sollte. Er musste nicht lange warten, da brachen die Worte wie ein Wasserfall aus ihr hervor.

„Ich will ehrlich mit dir sein. Das hast du, in aller Fairness, verdient“, fing sie an, spielte mit ihren Händen und schaute vom Boden zum Schrank und wieder woanders hin, nur nicht zu Calum.

„Ich glaube, nein, ich bin mir sicher, dass wir komplett unterschiedlich sind und nicht zusammenpassen. Zumindest nicht mehr. Vor zehn Jahren war das Leben, war die Welt und waren wir anders. Aber die Dinge ändern sich. Wir haben uns in unterschiedliche Richtungen entwickelt, und es gibt fast nichts mehr, das uns noch verbindet. Außer unserer Herkunft und der gemeinsamen Geschichte, aber das reicht nicht für die Zukunft." Ihre Stimme war gepresst, ein wenig gequält. Immer wieder kam ihr Redefluss zwischen den Sätzen oder einzelnen Satzteilen ins Stocken, nur um dann von einer kaltschnäuzigen Zielstrebigkeit vorwärts gepeitscht zu werden.

Mit einem Schlag war Calum stocknüchtern. Er tastete nach dem Sessel, auf dem sie immer die Wäsche ablegten, und setzte sich schwerfällig.

„Fiona, stopp, warte!" Er wollte sie unterbrechen und ihr sagen, was passiert war, doch sie ließ es nicht dazu kommen. Abwehrend hob sie beide Hände, kniff die Lippen zusammen und schaute auf den Boden.

„Nein, warte. Lass mich ausreden. Das ist, was ich wirklich fühle. Ich bin nicht mehr das junge Mädchen, in das du dich verliebt hast, und du bist nicht mehr der, in den ich mich verliebt habe und mit dem ich eine Familie gründen wollte. So viel hat sich geändert …"

„Ja, Fiona, ich weiß! Ich weiß, dass ich Fehler gemacht habe. Genau darüber will ich doch mit dir reden."

„Es ist egal, Cal. Es ist zu spät." Ihre Wangen liefen scharlachrot an, sie kaute auf ihrer Unterlippe herum, nestelte an ihrem Oberteil und schaute überall hin, nur nicht zu Calum. Noch bevor sie es aussprach, wusste er, was sie sagen würde. Ihr Blick hob sich. Er war kalt, klar und von einer furchteinflößenden Entschlossenheit. „Ich habe jemanden kennengelernt."

„Wie, jemanden kennengelernt? Was soll das heißen?", stammelte er.

Fiona ging zu ihm und tat etwas, das er ihr lange nicht würde verzeihen können. Sie nahm seine Hand und tätschelte sie so wie eine Großmutter ein Wehwehchen ihres Enkels wegtätscheln würde.

„Jemanden, zu dem ich mich stark hingezogen fühle. Jemanden, mit dem ich zusammenpasse … der … mich liebt und ich ihn", erklärte sie ihm im Tonfall einer milde besorgten Großmutter.

Das Krachen und das Beben des Bodens unter ihm gab es nur für Calum. Es waren die Grundmauern seiner Welt, die gerade in sich zusammenstürzten.

Lautlos bewegten sich seine Kiefer und Lippen. Er schnappte nach Luft, hielt sich an der Lehne fest und fragte schließlich mit einer so toten Stimme, dass sie nicht ihm gehören konnte: „Wie lange schon?"

„Drei Monate."

Ihm wurde schwarz vor Augen. Er presste die Lider zusammen, rieb sich darüber, hielt den Atem an und krächzte: „So ... richtig?“ Wie ein Schiffbrüchiger auf hoher See nach jedem Strohhalm Ausschau hielt, klammerte er sich an ihr Nein. Das nicht kam.

Dafür lachte sie. Sie lachte ihn aus. „Natürlich, wir sind doch keine fünfzehn mehr!“

Schwankend stemmte Calum sich aus dem Sessel hoch, er wankte, aber seine Gedanken waren auf einen Schlag glasklar. Wortlos suchte er sich frische Kleidung für den nächsten Tag heraus und ging aus dem Schlafzimmer.

„Wo willst du hin?“, rief Fiona ihm nach, und da hörte er sie – eine Spur, ein Hauch von Angst.

„Schlafen.“

„Calum!“, schrie sie flehend, lief ihm nach und packte ihn am Hemd. „Lass uns reden!“

„Reden? Erst muss ich denken. Allein.“ Mit einer heftigen Drehung riss er sich von ihr los und in der gleichen Bewegung seine Wachsjacke vom Haken. Selbst im größten Schockzustand konnte er noch für sich - und andere - sorgen. Draußen schüttete es jetzt wie aus Eimern, aber er musste weg von Fiona. Er brauchte frische Luft und Ruhe.

19 Susan

Eigentlich war Susans Kopf an diesem Tag nicht fürs Arbeiten zu gebrauchen. Vom Schlafmangel (sie hatte die halbe Nacht wachgelegen, dem Kuss nachgespürt und in Selbstmitleid zerfließend geweint) und dem vielen Alkohol war er schwer und schwummerig. Aber dann – in jenen dummen, verträumten Kleinmädchen-Momenten, wurde er hell und leicht.

Calum

Calum Doherty

Der Mann mit den sinnlichsten Küssen.

Das Verlangen versetzte ihr einen Stich in die Magengrube. Dort, wo eigentlich Schmerz sein sollte, breitete sich süße, zähfließende Sehnsucht aus. Zum bestimmt hundertsten Mal streifte sie, einem unerklärlichen inneren Zwang folgend, die Sandalen von den Füßen, bevor sie sie wieder anzog.

Wo blieb er nur so lange? Es war schon nach elf Uhr! Hatte er einen Auswärtstermin? Oder Ärger mit seiner Freundin?

Eamon hatte versucht, ihr zu erklären, wie man Prognosen erstellte, aber seine Worte waren so umsonst gewesen wie Schneepflüge in der Sahara. Sie hatte nichts, rein gar nichts behalten.

Noch in der Nacht vor dem Schlafengehen hatte sie Alexandra per SMS zu einem „dringenden Frühstück“ eingeladen und war heilfroh gewesen, als sie bei ihr am Küchentisch gesessen und sich alles angehört hatte.

„Nein, Susan, nein! Mach nicht wieder den gleichen Fehler wie immer. Such bitte keine Entschuldigungen mehr für die Männer. Sie sind für ihr Tun und Lassen genauso verantwortlich wie wir Frauen es sind!“, hatte sie ihr eindringlich zu erklären versucht. Doch Susan hatte sich stur wie ein Esel dagegen gesträubt.

„Aber du hättest sein Gesicht sehen sollen! Als ihm klar wurde, was er getan hatte, wurde er kreidebleich. Er ist zu Tode erschrocken und hat sofort aufgehört. Glaub mir, er wollte das nicht …“

„Natürlich wollte er dich küssen. Sonst hätte er es nicht getan. Oder zumindest nicht so lange, wie du beschreibst.“

Susan war errötet und das Lächeln hatte so beharrlich auf ihren Lippen gesessen, dass es beinahe schmerzte.

„Zumindest ist er kein Schürzenjäger, das spricht schon mal für ihn. Trotzdem ist er jetzt doppelt tabu, Susan!“ Mahnend hatte Alexandra den

Zeigefinger gehoben. „A, Er ist dein Boss. B, Er ist in festen Händen. Da fällt "C, Er ist zu alt" unter den Tisch." Als ob damit wirklich alles gesagt und besiegelt wäre, straffte sie die Schultern und schaute Susan streng an.

Widerwillig hatte Susan genickt. Sie wusste, dass Alexandra recht hatte, trotzdem wollte sie es nicht glauben.

Sie tastete gerade unter ihrem Schreibtisch nach dem ersten Schuh, als die Tür aufflog und Calum ins Büro stürmte, den Blick auf den Boden gerichtet.

„Hey, hallo!", grüßten alle.

Susan sprang auf und lief ihm entgegen.

„Ich habe den Bericht fertig!", rief Eamon, aber Calum schob ihn zur Seite.

„Später, Eamon. Mir pressiert es wahnsinnig, ich muss sofort wieder weg. Bin nur hier, weil ich die Deirdre-Unterlagen brauche", redete er in den Hängeschrank hinein und flippte durch die Akten. „Himmel, wo sind die nur? Ah, hier. Gut, alles klar. Bis später!" Schon war er wieder zur Tür raus.

„Sch... ande!", rief Susan, sprang auf und lief ihm barfuß hinterher. „Ich habe vergessen, ihm was Wichtiges zu sagen!", sagte sie zu niemandem im Besonderen, am ehesten aber zu sich selbst.

„Calum! Warte, bitte!" Sie rannte ihm die Treppe hinunter nach. „Nur einen Moment!"

Calum blieb stehen und wartete, bis sie ihn eingeholt hatte. Sein Gesichtsausdruck war gequält und seine Augen flitzten nervös von einem Winkel zum anderen. Er sah ziemlich mitgenommen aus. Unrasiert und mit dunklen Ringen unter den Augen. Und das alles ihretwegen? Ihr Magen verkrampfte sich. Vergessen waren Alexandras Worte.

„Calum, sorry, es tut mir so leid", stotterte sie. „Ich wollte das nicht. Echt nicht."

„Schon gut. Es ist nicht deine Schuld", antwortete er mit schleppender Stimme.

„Aber ich habe dich eingeladen und angefangen … damit …"

„Hast du das denn?", fragte er, beugte sich zu ihr und sah sie einen Moment lang entrückt an. „Wie dem auch sei. Ich habe dich genauso geküsst wie du mich. Es war nicht deine Schuld, Susan." Kraftlos oder traurig ließ er die Schultern hängen. „Zumindest nicht nur."

„Okay." Susan atmete tief ein. „Okay. Nicht nur. Gut. Einigen wir uns auf halb und halb."

„Ist gut", antwortete er heiser. Etwas Unausgesprochenes schwebte zwischen ihnen im Treppenhaus und bevor er ihr zuvorkommen konnte, griff Susan danach und sagte wider all ihrer

Sehnsüchte: „Und darauf, dass es nicht wieder passiert."

Calum schluckte, sein Adamsapfel hob und senkte sich, aber diesmal glitt Susans Zungenspitze nicht über ihre Lippen. Stattdessen bildete sich ein schwerer Kloß in ihrem Hals.

„Ja, einigen wir uns auch darauf", sagte er schwerfällig, drehte sich um und ging weiter die Treppe hinab.

„Calum ... es ist nur ... es ist", sprudelte allerlei Unsinn aus Susans Mund, nur damit er nicht ginge, sondern bliebe und ihr sagen würde, dass er sich überhaupt nicht darauf einigen wollte, sondern sie ganz im Gegenteil wieder und immer wieder küssen wollte. Und damit er genau das täte.

Aber wie so oft im Leben macht man, wenn man etwas verzweifelt retten und festhalten möchte, erst recht alles kaputt.

„Es ist ... weißt du, es ist deswegen so schlimm für mich, weil ich mit Richard ... etwas hatte."

Da. Calum blieb stehen. Mitten im Schritt. Seine Hand ging zu seinem Gesicht, aber er drehte sich nicht um. Dann zog er das Bein nach, ließ die Hand wieder sinken und sagte, ohne sich umzudrehen: „Ach so ist das." Dann ging er weiter. Sie hörte seine verhallenden Schritte, wie er die Tür öffnete, wie sie zufiel und dann nichts mehr.

Mit aufsteigenden Tränen stand Susan da und wusste, dass sie alles zerstört hatte, der Kuss ihre Schuld war, ein Fluch auf ihr lag und sie es nicht anders verdient hatte. Zudem wusste sie, dass Calum sie von nun an so herablassend herumkommandieren würde wie Richard es getan hatte, oder dass er sie gleich wieder entlassen würde.

Nur wusste sie nicht, was schlimmer wäre.

20 Calum

Als Calum an diesem Abend nach Hause kam, wusste er noch bevor er eintrat, dass Fiona weg war. Dazu brauchte er nicht erst im Bad und in den Schränken nachzusehen, ob ihre Sachen noch da wären. Er wusste es einfach. Und er erschrak darüber, dass ein tonnenschwerer Felsbrocken von seinem Herz rollte.

Still und gefasst nahm er sich ein Bier aus dem Kühlschrank, trank einen gierigen Schluck und setzte sich aufs Sofa. Er spreizte die Beine und legte sie Ellbogen auf die Schenkel. Nach vorne gebeugt, die Flasche in beiden Händen, saß er lange so da und dachte nichts.

Er spürte die Leere der Wohnung, die Ruhe nach dem Sturm, die Kraft des Neuanfangs. Nur kurz wunderte er sich über seinen Mangel an Gefühlen. Nein, er wunderte sich nicht, er schämte sich. Und zwar deswegen, weil er sich selbst verraten und seit Jahren nicht mehr auf sein Innerstes gehört hatte. Hartnäckig hatte er an einer Beziehung festgehalten, die schon lange tot war. Er sah die entscheidenden Momente vor sich, einen nach dem anderen, er hatte sie alle ignoriert. Ebenso wie das langsame Auseinanderdriften, das Getrieben- und Gezogenwerden von fremden Kräften. Hätte er in sich hineingehört, wäre all das nicht passiert. Fiona hätte in Dingle bleiben können, denn sie hätten sich schon vor vielen Jahren getrennt. Sie wäre längst Mutter von ein, zwei oder noch mehr Kindern. Die verlassene Reißbrettwohnung in einem Vorort Dublins war der Preis, den sie beide bezahlten. Und er? Er hätte sich viel Härte erspart. Ihr, sich selbst und der Welt gegenüber. Und viel Galle. Nie hatte er sich eingestanden, dass sie ihn zur Weißglut trieb oder, im Versuch, ihn zu provozieren, tief verletzte.

Jetzt war sie weg, und er wusste, dass er sie lange Zeit nicht wiedersehen würde.

Wäre sie vor Monaten schon gegangen, hätte er Susan weiterküssen können …

Susan …

Mit einem Seufzer lehnte er sich auf der Couch zurück und versank in Gedanken an Susan im Allgemeinen und an den Kuss im Besonderen. Hatte sie es ernst gemeint, als sie ihm sagte, es würde nie wieder passieren? Hatte er sich das Begehren und ihre Bereitschaft zur Hingabe wirklich nur eingebildet? Hatte sie ihn nicht entsetzt und enttäuscht angeschaut, als er sich losgerissen und sie von sich gestoßen hatte? Denn das hatte er doch, oder nicht? Und wie war das mit ihrem früheren Chef? Richard

Fitzgerald? Wieder kochte die Eifersucht in ihm hoch, Eifersucht, Abscheu und Verständnislosigkeit. Richard Fitzgerald! Ausgerechnet der! Wie konnte sie nur! Ob er sie genötigt hatte?

Von einer plötzlichen Rastlosigkeit erfasst, sprang er auf und warf alles, was Fiona gehört und sie nicht mitgenommen hatte, in einen großen Plastiksack. Ihre angefangenen Fruchtgummipackungen, die Bonbons, die Chips und Limonade – jedes Mal, wenn er versucht hatte, sie davon zu überzeugen, wie schädlich die Dinger waren, hatte sie ihn ausgelacht und sich hochnäsig eine Handvoll in den Mund geschoben. Hoffentlich achtete Susan mehr auf sich, dachte er. Bevor er ihren weichen Körper unter seinen Händen und auf seinem Schoß gespürt hatte, hatte er vermutet, dass sie hart und knochig wäre, aber das war sie nicht, ganz und gar nicht. Im Gegenteil – sie war anschmiegsam und weich. Weich wie ein Küken, dachte er verträumt, weich wie ein Küken und ebenso zerbrechlich.
Er stopfte zerfledderte Zeitschriften, Kosmetikproben, alte Schuhe und alles Mögliche andere in weitere Müllsäcke. Fiona war gründlich gewesen, denn er fand nichts, was sie tatsächlich hätte vergessen haben können. Außer Abfall hatte sie nichts zurückgelassen. Nun, das stimmte sicher nicht im übertragenen Sinne, denn sie hatten schöne Zeiten miteinander verlebt. Nur waren die lange, sehr lange her.

Anschließend saugte, schrubbte und polierte er die gesamte Wohnung, bis alles blitzte und blinkte. Er tat es nicht aus Wut, sondern aus Erleichterung und dem Drang, ihre Spuren zu tilgen, damit er neu anfangen konnte.

Vielleicht, überlegte er dabei, hatten sie beide immer unterschwellig geahnt, dass sie nicht zusammenpassten. Wie sonst wäre es zu erklären, dass sie nie über Heirat und Kinder gesprochen hatten? Dass Fiona beides wollte, hatte ihn nicht überrascht. Auch er wollte es, nur eben nicht mit ihr.

Er zog den Deckel des Müllschluckers auf und ließ einen prall gefüllten Beutel nach dem anderen hineinfallen. Plumps, plumps, plumps, wie die letzten Steine von seiner Seele.

Der Spaziergang in der vergangenen Nacht hatte ihm geholfen, den Kopf frei zu kriegen, was seine vergeudeten Jahre mit Fiona anbelangte. Er hätte sich schon von ihr trennen müssen, als er nach Galway aufs College ging und sie in Dingle blieb. Dann wäre er nicht jeden Freitag brav und langweilig in sein Dorf zurückgekommen, sondern hätte das Studentenleben ausgekostet.

Er hätte sich von ihr trennen müssen, als er mit dem College fertig war und bereits erkannt hatte, dass es auf dem Hof keine Zukunft für ihn gab. Sie hatte es ja selbst vorgeschlagen!

Hätte, hätte, hätte … Es war zu spät für *Hätte*, aber es war schwer, nicht in das Was-wäre-wenn-Spiel zu verfallen. Er spielte es, nur weil er konnte, aber er würde sich nicht darin festbeißen, vor allem, weil er schnell den Punkt erreichen wollte, an dem er die Zeit nicht mehr als vergeudet betrachtete, sondern anerkannte, dass sie für seinen Weg wichtig gewesen war.

Der Spaziergang in dieser Nacht nun würde ihm helfen, sich seiner Gefühle und weiteren Verhaltensweise Susan gegenüber klar zu werden. Natürlich hatte er sich nach dem Kuss gesehnt, war in ihr versunken und es hatte ihm beinahe übermenschliche Kräfte abverlangt, sich von ihr zu lösen. Trotzdem war es eine schlechte Idee gewesen. Was konnte er tun, damit sie sich in ihrem Job wieder wohlfühlte und sich nicht jeden Tag schämen musste, wenn sie sich sahen? Es war offensichtlich, dass sie entweder eine andere Kategorie von Männern gewöhnt war oder eine Aversion gegen Chefs entwickelt hatte, was nach einem wie Richard Fitzgerald nur allzu verständlich wäre. Igitt, wenn er sich vorstellte, wie … Nein! Besser nicht!

Und dann, als er den beleuchteten und geteerten Weg zum Blanchardstown Shopping Centre entlangging, schmunzelte er in sich hinein. Denn wer hätte gedacht, dass Susan Jones, die schönste Frau, die er kannte, sich jemals so leidenschaftlich von ihm küssen lassen würde! Die Frau, die so viel Lebensfreude, Neugier und Leidenschaft in sich trug, wie er es nicht kannte. Es war so leicht, mit ihr zu lachen, und so schwer, sich an ihr sattzusehen. Diese Frau der Wunder hatte ihn geküsst wie keine andere zuvor. Und Chef hin oder her – sie hatte den Kuss genossen, daran gab es keinen Zweifel.

21 Susan

Susan fühlte sich, als wäre sie ohne zweittausend Euro zu kassieren über Los gezogen und direkt weiter ins Gefängnis gewandert.

Es war Samstagabend und alle hatten sich im Garten versammelt, um dort bei selbst gemachten Pizzen, knackigem Salat, Bier und Wein den Sommerabend zu genießen. Anastasia weilte noch immer in der Ukraine, und auch wenn alle hofften, dass sie das in einem nicht umkämpften Gebiet tat, so fanden doch alle Frauen, dass sie dort gut weilte.

Harper und Rick sangen und spielten Gitarre, die Zwillinge brauten pechschwarzen Espresso zu ihren neuesten süßen Sünden, die diesmal – oh Wunder - der Wiener Backstube entstammten. Imperial, nicht Sacher, hatten die Jungs ihnen eingeschärft, und nun präsentierten sie stolz Backwerk mit Schokoladencreme.

Alle hatten ihre Freude und die Welt in Dublin war an diesem Abend eine gute, das konnte Susan sehen, aber nicht fühlen. Zum ersten Mal in ihrem Leben drohte sie an ihrem aussichtslosen Schwermut zu ersticken. Wenn sie zuvor wegen eines Mannes gelitten hatte, dann hatte das Gefühl sie an mehreren brennend heißen Fäden auseinandergezogen und sie hatte fieberhaft nach einer Lösung gesucht, die ja immer so einfach, aber in gleiche Maße unerreichbar gewesen war.

Nur jetzt, mit Calum, mit dem sie noch nicht einmal den Hauch einer Beziehung - und auf keinen Fall den einer Affäre! - erlebt hatte, da war es anders. Ihr war, als hätte ihr jemand das Herz herausgerissen und in einer Wüste aus Geröll ausgesetzt.

Die irischen Freiheitslieder, zu denen die Jungs jetzt übergegangen waren, stimmten sie noch melancholischer. Sie verkrümelte sich auf eine Sonnenliege, schloss die Augen und versank in ihren trüben Gedanken.

Sie konnte nicht sagen, wie lange sie so gelegen hatte, als die Musik und der Gesang verstummten.

„Hey, wir haben Besuch!", rief Alexandra, die anscheinend unbemerkt ins Haus gegangen war.

„Besuch? Wen denn?", fragte Melanie, und Susan öffnete widerwillig die Augen. Wie bitte? Träumte sie? Calum? Was sollte der denn hier suchen? Aber der Mann sah aus wie Calum und bewegte sich wie Calum! Trotzdem musste sie träumen.

„Das ist Calum", stellte Alexandra ihn mit einem verschmitzten Grinsen vor. „Und er behauptet, Susan zu kennen."

Calum stemmte die Fäuste in die Hüften und drückte die Arme durch, sodass seine Schultern auf Höhe seiner Wangen waren, zog dann eine Hand hervor und hob sie zum Gruß. „Hallo!", sagte er verlegen und wusste sichtlich nicht, wohin er schauen sollte.

„Ja … ja, das ist er", stammelte Susan und stand wie benommen auf. Was hatte das alles zu bedeuten? „Das ist ... wir arbeiten zusammen." Es wusste doch ohnehin jeder, wer Calum wer, was sollte sie ihn da lange vorstellen? Nur brauchte sie ihm das nicht auf die Nase zu binden. Lediglich von der Kuss-Katstrophe wusste nur Alexandra, worüber sie nun unendlich froh war. Bevor sie jedoch überhaupt weitersprechen konnte, legte Natalie ihm schon die Hand auf die Schulter und zog ihn mit sich zu Pizza, Torte und Kaffee. „Hi Calum, das hier sind meine Freunde Natalie und Melanie, Alexandra, Rick und Harper."

„Freut mich - Freut mich - Freut mich!", grüßten alle und lächelten ihm zu.

„Du kommst gerade richtig! Kalte Pizza oder lieber gleich Nachtisch? Das ist unsere neueste Kreation, probier!"

„T... torte? Ähm, ja, danke, das ist lieb, aber ein Stück Pizza wäre mir noch lieber."

„Bedien dich, greif zu und setz dich zu uns!", lud Natalie ihn ein und reichte ihm einen Teller.

Susan fiel ein Stein vom Herzen, dass ihre Freunde ihn ganz normal behandelten und ihn wie einen alten Freund in ihrer Mitte aufnahmen.

Verstohlen verfolgte sie seine Bewegungen und nickte ihm zur Begrüßung zu. „Hallo Calum!“, sagte sie leise, als er auf sie zukam. Sie wollte ihn fragen, was er hier tat, befürchtete aber, ihn damit zu verschrecken.

„Hi Susan“, antwortete er mit einem herzerweichend schüchternen Lächeln. „Wohin kann ich mich setzen?“

„Wo du willst. Bier oder Wein?“

Er drehte sich zu ihr, seine Augen leuchteten auf. „Bier, bitte“, sagte er und nahm einen großen Bissen Pizza. „Ah, ist die gut! Danke dafür. Mir war gar nicht aufgefallen, dass ich so großen Hunger habe“, gestand er und erntete dafür wissende Schmunzler.

Rick und Harper begannen wieder zu spielen und zu singen.

„Hey, Moment mal!“, staunte Calum zu niemandem im Besonderen und hörte auf zu kauen. „Ist das etwa Harvey Slate?“ Ungläubig schaute er Susan mit offenem Mund an.

„Ja, das ist er. Er ist Alexandras Freund“, bestätigte Susan stolz und war bemüht, so zu tun, als wäre es das Normalste auf der Welt.

„Aha. Oh, wow“, war alles, was er bis zum Rest seiner Pizza sagte. Nur ab und zu schüttelte er den Kopf. Als er fertig gegessen hatte, stellte er den Teller beiseite und rieb sich genüsslich den Bauch. „Danke. Das war echt lecker.“

„Gern. Willkommen bei uns“, antwortete Susan leise und ließ ihn nicht aus den Augen. Wie gut er aussah und wie süß er war, weil er noch immer leicht verschüchtert wirkte.

„So ist das bei uns. Hier wohne ich!“, erklärte sie mit pochendem Herzen und drehte die Handflächen nach oben.

„Wow, das ist echt schön. Und toll, mit all den Freunden.“

„Oh ja, das ist es. Ich möchte nirgendwo anders wohnen, da würde ich wahrscheinlich an Einsamkeit sterben“, gestand sie nervös kichernd.

Seine Augenbrauen hoben sich, doch er ging nicht darauf ein. Stattdessen fragte er unverblümt: „Können wir uns irgendwo privat unterhalten?“

„Ähm, ja, natürlich. Wir können in meine Wohnung gehen. Ich frage mich schon die ganze Zeit, was dich eigentlich hierher treibt!“

22 Calum

Susans Wohnung war makellos sauber. Alles stand an seinem Platz, nichts lag schlampig herum, und er fragte sich, ob sie tatsächlich hier wohnte oder zufällig gerade geputzt und aufgeräumt hatte. Es war immer interessant, die Wohnung eines Menschen zu sehen, denn sie verriet viel über seine Persönlichkeit. Er hatte Susan als sehr ordentlich und gewissenhaft eingeschätzt, allerdings hätte er mehr Farben und Muster, vielleicht auch den einen oder anderen verspielten und persönlichen Gegenstand erwartet. Ihre Wohnung jedoch war wie der Ausstellungsraum in einem Möbelhaus. Als ob sie Angst hätte, mit ihren eigenen Wünschen eine vorgegebene, allgemein gültige Perfektion zu zerstören.

Sie führte ihn zu der großen, L-förmigen Couch, die mitten im Raum stand, und bot ihm durch eine Geste an, sich zu setzen.

„Wow, dein Wohnzimmer allein ist ja größer als unser Büro!", staunte er fassungslos. Woher hatten sie und ihre Freunde so viel Geld? Die Mieten in ganz Dublin, aber besonders in dieser Gegend, waren astronomisch. Gerade junge Leute teilten sich zwar eine dunkle, enge Wohnung, aber nicht ein helles, geräumiges Haus!

„Ja, vielleicht, ich weiß nicht“, antwortete sie und setzte sich ihm gegenüber. „Wir haben einfach richtig großes Glück. Ricks Vater ist … ähm, egal, er hat jedenfalls mehr als genug Geld und ebenso viele Häuser, die er übrigens alle zu fairen Preisen vermietet. Die Zwillinge haben ihr Konditorei-Café in einem seiner Ladengeschäfte. Aber egal, also, wir können hier so sagenhaft günstig wohnen, weil wir nur die Nebenkosten bezahlen müssen.“

„Wie bitte?“ Calum verschluckte sich an seinem Atem und hustete. „Im Ernst?“, keuchte er dann.

„Ja. Im Ernst“, bestätigte Susan feierlich.

„Und wieso? Ich meine …“

„Ja, das fragen sich alle. Ich finde es auch unglaublich großzügig von ihm. Ricks Vater ist es wichtig, dass sein Sohn in einer guten Umgebung und nicht allein ist. Er hatte, nun ja, ein paar Schwierigkeiten, bevor sich unsere Clique gefunden hat.“

„Aha. Ja, wenn das so ist! Also … einfach unglaublich. Toll!“, staunte er, zumal er noch immer nicht so recht wusste, was er sagen sollte. „Glückwunsch, Susan!“

„Danke“, krächzte sie, vielleicht, weil sich in dem Moment ihre Blicke kreuzten, und er das Gefühl hatte, in dem fragenden und sehnsuchtsvollen Blau ihrer Augen zu ertrinken.

Verträumt schaute er sie an. Heute hatte sie ihr langes Haar zu einem Pferdeschwanz zusammengebunden, was ihre hohen Wangenknochen noch stärker betonte. Ihr Make-up war nicht als solches erkennbar, aber obwohl er sie bei einem faulen Abend zu Hause überrascht hatte, steckte sie nicht in ausgeleierten Lumpen, sondern trug ein weit fließendes, bodenlanges, korallrotes Kleid. Es war offensichtlich, dass sie sich keine große Mühe geben musste, um gut auszusehen. Gewiss gehörte sie zu den Frauen, für die es eine Selbstverständlichkeit war, sich zu pflegen und nie gehen zu lassen. Jene Form von Selbstwertschätzung und Disziplin, die er auch an sich selbst schätzte und an Fiona vermisst hatte.

Susan steckte die Hände zwischen die Beine und kicherte verlegen. „Ich würde dir was zu essen anbieten, aber ich glaube, du bist satt. Vielleicht ein Bier?"

„Nein, danke, danke, nichts", lehnte er lächelnd ab. „Ich wurde bereits bestens versorgt."

Schweigend schauten sie sich eine Weile an, bis er sich einen Ruck gab und sich räusperte. „Susan, ich bin unangemeldet vorbeigekommen, weil dein Telefon aus ist und ich nicht bis Montag im Büro damit warten konnte …" Er hörte seine eigenen

Worte, als stünde er noch mal als ein anderer neben sich im Raum. „ … mich bei dir zu entschuldigen.“

Hörbar atmete Susan ein und ließ den Mund offen stehen. Ihr Rücken und ihre Schultern waren vor Überraschung kerzengerade. „Ich ... du ... danke. Aber du musst dich nicht entschuldigen”, murmelte sie und schaute auf ihre Zehen. „Ich meine, du hast eine Freundin, da ist es doch klar, dass du …“ Sie ließ den Satz unvollendet und der nicht gesagte Rest hing über ihnen.

„Die habe ich nicht mehr“, sagte er in sachlichem Ton und sah sie geradeheraus an. Er konnte selbst hören, dass seine Stimme fest und ehrlich klang. Dabei hatte er gar nicht vorgehabt, ihr das mitzuteilen, denn die Gefahr war groß, dass sie es nicht falsch verstünde. So sehr er sich nach weiteren heißen Küssen sehnte, so war er doch noch nicht soweit, sich sofort auf etwas Neues einzulassen, auch wenn er schon lange nicht mehr in Fiona verliebt war.

Verwirrung, Unglaube, Freude, Hoffnung und unendlich viele Fragen spiegelten sich in Sekundenschnelle in ihrem Gesicht wider. Ihre Lippen bebten lautlos. Verflixt, er wollte sie einfach nur küssen, egal, wie sehr oder wenig er bereit für etwas Ernstes war! Aber das war nicht fair! Musste man wirklich immer fair sein? Ja! Man musste!

„Wegen … mir?“, stotterte sie schließlich mit vor Schreck geweiteten Augen.

„Nein, nein. Nicht deinetwegen. Mach dir darüber keine Sorgen. Wir waren zehn Jahre zusammen und hatten übersehen, dass es seit Jahren nicht mehr gut zwischen uns lief. Die letzten Wochen und Monate waren sogar extrem schwierig. Wäre es anders gewesen, hätte ich dich … hätten wir uns bestimmt auch nicht … ähm ... geküsst“, hickste er.

Stumm nickte Susan und biss sich auf die Unterlippe.

„Sie hat einen anderen, schon seit einiger Zeit.“

Wie still der Raum war. So still, dass er seinen eigenen Herzschlag und das Echo seiner Worte von den Wänden hörte.

„Das tut mir leid, Calum. Echt“, antwortete Susan ohne sich zu bewegen.

„Muss es nicht. Ich bin froh, dass es vorbei ist. Aber deswegen bin ich gar nicht hier.“ Er lächelte und lehnte sich zurück, und die Stille verwandelte sich in Ruhe und legte sich wie eine Decke über sie. Lange schauten sie sich in die Augen, ohne etwas zu sagen, ohne sich zu bewegen.

Wie schön sie war. Wie schön, wie verlockend und beschützenswert, falls es das Wort gab. Jedenfalls war der Wunsch, sie ganz eng an sich zu ziehen, in seinen Armen zu verbergen und an seine Brust zu drücken, mindestens genauso groß wie der, sich an ihr satt zu küssen und jeden Zentimeter ihrer weichen Haut zu erkunden.

Seine Gedanken rasten. Was wollte er denn hier, was von ihr? Sich entschuldigen? Wofür genau? Dass er all das für sie fühlte? Es war jämmerlich, einfach jämmerlich! Wenn er sie wenigstens nicht eingestellt hätte, dann wäre alles halb so kompliziert. Auch wegen ihrer Geschichte mit Vorgesetzten.

„Hör mal, Susan", redete er weiter, ohne zu wissen, was er sagen wollte. „Das mit Richard Fitzgerald …" Er sah, dass sie erstarrte und ihn panisch anschaute. „Also, darüber urteile ich nicht. Das wollte ich dir auch sagen. Ich versuche, überhaupt niemanden zu be- und schon gar nicht zu verurteilen, weißt du?"

„Danke. Das ist sehr nobel von dir."

„Nun, es ist eine Entscheidung, mit der es sich leichter lebt, weil man so den Blick auf sich selbst richten kann, anstatt sich über andere aufzuregen."

„Mhm", machte sie und sog die Lippen nach innen. „Da kann man vor der eigenen Tür kehren … Anstatt sich darauf zu konzentrieren, was der andere falsch macht."

„Genau."

„ Mhm, das klingt sehr philosophisch", antwortete sie nachdenklich und legte den Zeigefinger an die Lippen.

„Ja." Er versuchte, die Ernsthaftigkeit durch ein Schulterzucken und Lachen aufzulösen.

„Weißt du, Calum, ich habe mir geschworen, gut auf mich aufzupassen und nichts mehr zu tun, was mir eigentlich nur schadet", vertraute sie ihm an. „Aber so leicht ist das gar nicht! Zumindest nicht immer."

„Ja, das stimmt. Es ist nicht immer leicht. Oft lässt man sich verleiten. Aber der Vorsatz und die Besinnung darauf ist das Wichtigste", antwortete er und fragte sich, worüber sie eigentlich sprachen.

Dann schluckte er trocken, da er sich einbildete, zu wissen, was sie unausgesprochen implizierte. Der Kuss – der hatte ihr nicht gutgetan. Er wusste es, und dafür konnte er sich gar nicht oft genug entschuldigen. Aber vielleicht konnte er ihr zeigen, dass sie sich im Büro völlig unbefangen verhalten würden.

Susan jedoch schien etwas wortwörtlich auf den Lippen zu brennen, denn sie zog sie nach innen und bewegte sie bei geschlossenem Mund. Schließlich atmete sie laut ein und richtete sich kerzengerade auf. „Du, Calum, wenn du nicht hier bist, um mir von deiner Trennung zu erzählen, warum bist du dann gekommen?"

Nun musste auch er schlucken, denn so wie sie ihn anschaute, fiel es ihm schwer, klar zu denken. Er räusperte sich und suchte ihren Blick. „Weil ich dir sagen will, dass von mir aus wieder alles so sein kann wie vor … unserer Feier. Ich will die kollegiale, professionelle Beziehung mit dir nicht verlieren. Am Freitag im Büro war es sehr angespannt, und diese Stimmung färbt auf alle ab, was nicht gut ist. Außerdem will ich, dass du dich wohlfühlst und lange bei uns bleibst."

Ein schüchternes Lächeln zupfte an Susans Lippen. Sie blinzelte verlegen und es dauerte, bis sie die Freude offen zeigen konnte. „Das will ich auch. Danke, Calum. Also abgemacht! Den Abend hat es nie gegeben." Um ihre Worte zu unterstreichen, strich sie mit der flachen Hand durch die Luft.

„Gut, dann bin ich froh, dass wir das klären konnten", sagte er und erhob sich mit einem mehr tapferen denn rundum glücklichen Lächeln, aber so war es besser. Abgesehen davon war Susan sowieso eine Nummer zu groß für ihn.

„Ich freue mich auf unsere weitere Zusammenarbeit", sagte sie mit einem Gesichtsausdruck, der innerhalb von Sekundenbruchteilen zwischen Aufrichtigkeit und einer unlesbaren Maske oszillierte, und folgte ihm.

Als sie bei der Wohnungstür ankamen, reichte er ihr zum Abschied die Hand. Sie nahm sie – hielt sie – hob den Blick – öffnete erstaunt den Mund – ein sehnsuchtsvoller Schleier legte sich über das Blau ihrer Augen - und dann war alles zu spät.

Er beugte sich zu ihr, sie stellte sich auf die Zehenspitzen, blinzelte, wartete ... Mit einem rauen Knurren zog er sie an sich. Ihre Münder trafen sich, so süß, so zart und zugleich so hungrig und fordernd, nach mehr, nach allem. Seine Hände auf ihren weichen Wangen, ihr warmer Atem auf seiner Haut, ihr williger Körper an seinem - und dann seine Lippen, seine Zunge, seine Hände, überall, noch ziellos erkundend, forschend, kostend. Wie schwer sie atmete und wie süß sie stöhnte! Wie sie sich an ihn schmiegte, drückte, presste – und wieder löste, bis ihm die Sinne schwanden. Er taumelte, zog sie an die Wand, rutschte ein Stück weit daran herunter und brachte seinen Mund auf die gleiche Höhe wie ihren, um sie endlich mit gleißender Leidenschaft zu küssen. Doch dann waren da plötzlich ihre Brüste, fest und rund wie reife Äpfel. Trunken vor Lust fand er ihren Blick; entrückt sah sie ihn an, und es bedurfte keiner Worte. Zärtlich, als könnte sie nicht fassen, dass er wirklich da war, strich sie mit bebenden Lippen und zitternden Fingerspitzen über sein Gesicht, während seine Hände ihren Busen fassten. Keuchend sahen sie sich an, und ihre Blicke versanken ineinander, bis sie sich begierig auf ihn stürzte und auf den Boden zog, wo er bald darauf begriff, was man geheimhin unter Ekstase verstand.

23 Susan

Als Susan am nächsten Morgen erwachte, dauerte es eine Weile, bis sie zu sich fand. Sie fühlte sich wie in einem warmen Kokon, und als sie blinzelnd die Augen öffnete, konnte sie ihr Schlafzimmer nur schemenhaft erkennen. Wie von weit her hörte sie das gläserne Windspiel, das im Luftzug des geöffneten Fensters erklang.

Calum. Das Bett neben ihr war leer und doch spürte sie seine Nähe und Wärme noch immer. Jede Berührung, jeder Kuss hallte in ihr nach. Selig schloss sie die Augen, um jeden einzelnen Moment noch einmal intensiv zu durchleben.

Oh, Calum …

Mit einem tiefen Seufzer drehte sie sich auf den Bauch und vergrub das Gesicht in der Schulterbeuge. Dann breitete sie die Arme und Beine aus, um das süße Prickeln und das sinnliche Wabern ihres Blutes bis in die Zehen- und Fingerspitzen zu spüren und auszukosten.

Calum.

So einzigartig und neu der Sex mit ihm gewesen war, so sehr sie sich wie neu geboren fühlte, so war sie doch allein. Wieder einmal. Wie bei allen

Männern vor ihm. War das ihr Fluch? Ihr Schicksal? Immer wieder aufs Neue jäh aus der Verbundenheit gerissen und mit einem Schlag in den neuen Tag katapultiert zu werden, in dem sie sich wieder allein zurechtfinden musste?

Sie legte die Arme seitlich an den Oberkörper und schloss die Beine. So wartete sie, geduldig atmend, bis die Traurigkeit und die Einsamkeit so weit aus ihr wichen, dass sie aufstehen konnte.

Irgendwann, später, richtete sie sich im Bett auf und sah sich um. Nichts schien ungewöhnlich oder die Veränderung zu verraten. Entfernt erinnerte sie sich an die schwarze Vase aus Glas, die polternd und scheppernd zu Bruch gegangen war, als Calum Susan hochgehoben, über seine Schulter geworfen und sie zum Bett getragen hatte. Sie hatte vor Freude gequietscht und mit den Beinen gestrampelt und dabei die Vase zu Fall gebracht. Doch nun waren keine Scherben mehr zu sehen; Calum musste sie aufgefegt haben, bevor er ging. Wie lieb von ihm! Wie fürsorglich ... Oder wollte er nur keine Spuren hinterlassen? Nichts, das an die Zeit mit ihm erinnerte?

Zärtlich und fürsorglich war auch der Sex mit ihm gewesen, zumindest die meiste Zeit, dann aber auch wild und stürmisch, beinahe besessen. Frei, ungezähmt und ohne Scheu. Ohne einstudierte Drehungen, Wendungen und unterwürfige Blicke, ohne verruchte Dessous und Zwanzig-Zentimeterabsätzen, nichts, bei dem sie überlegt hätte, wie er sie fand, ob ihm gefiel, was er sah, oder ob ihre Berührungen die besten wären, die er je gespürt hatte. Vergangene Nacht hatte sie aufgehört, zu denken, und angefangen, zu fühlen, zu spüren, zu empfinden. Ja, sie hatte begonnen, auf einer anderen Ebene zu sein, einer, die sie bislang nur vom Hörensagen gekannt hatte. Durch und mit Calum hatte sie sich selbst neu kennengelernt. Calum, sie beide, vereint, gelöst und getragen in einer unstillbaren Leidenschaft und grenzenlosen Hingabe.

Erneut versank sie in den Erinnerungen und lächelte verträumt vor sich hin, während ihre Fingerspitzen über die Bettdecke strichen.

Doch schon bald glitt ihr das Lächeln aus dem Gesicht und ihr Herz wurde schwer. Calum war und blieb ihr Chef, sie seine Angestellte und bevor sich der Verstand von beiden verabschiedet hatte, hatten sie sich doch noch klipp und klar auf gute Kollegen, nichts Nachtragen und ein professionelles Verhältnis geeinigt! Sie selbst hatte es sogar als Erste ausgesprochen! Da spielte es nur eine untergeordnete Rolle, dass seine Beziehung gerade in die Brüche gegangen war, und das nicht mal ihretwegen. Hoffnungslos schüttelte Susan den Kopf. Die Trennung hatte ihm lediglich die Freiheit gegeben, mit ihr zu schlafen; vielleicht, weil es das war, wonach er sich gesehnt hatte … Das klang angenehmer. Es war eine Sichtweise, mit der sie leben konnte, auch wenn es wehtat. Aber wie sollten sie nach dieser Nacht, nach diesem entfesselten Wahnsinn, im Büro so tun, als wäre nichts passiert? Wie sollte sie sich von nun an von ihm fernhalten? Wie? Wenn die Sehnsucht und das Verlangen nach ihm den Raum zum Drehen brachte und so unendlich süß in ihrem Unterleib zog? Wie, bitte, sollte das möglich sein? Wo war ihre Maske, hinter der sie sich verstecken konnte? Warum nur hatte sie zugelassen, dass Calum sie ihr herunterzog, sanft und behutsam zwar, ja, aber dass er sie ihr doch wegnahm und in dem Moment, in dem sie unverhüllt vor ihm stand, sie mit so viel Wertschätzung und Zuneigung ansah, dass auch er schwach wurde, zitterte und ihm die Maske aus den Fingern glitt und auf dem Boden zerbrach?

Warum hatte sie sich ausgerechnet so tief und so schnell auf Calum eingelassen, wenn er die Kraft hatte, sie stärker als jeder Mann vor ihm leiden zu lassen?

Als Calum so überraschend im Garten aufgetaucht war, hatte sie eine Eingebung gehabt. Für einen kurzen Augenblick hatte sie sich, ihn und sie, als Paar auf der großen Lounge-Muschel liegen gesehen, Arm in Arm, von Glück erfüllt, herzlich und vertraut wie Alexandra und Harper. Ja, Calum war aus ähnlichem Holz wie Harper und Rick geschnitzt. Nicht, was die äußeren Umstände anging, nein, das nicht. Aber allen drei Männern fehlten Gier, Geltungssucht und Hinterhältigkeit. Calum passte zu ihnen, in ihm war nichts Dunkles, er gehörte zum Licht.

Anders als Richard Fitzgerald, auf den sie gut und gern und voller Dank verzichten konnte. Deutlicher denn je erkannte sie nun, dass sie niemals, keine Sekunde lang, mit ihm glücklich geworden wäre. Das Glück mit ihm hätte immer von materiellen Dingen abgehangen und wäre jedes Mal wieder schnell verpufft.

Dass sie hingegen einen so geerdeten Mann wie Calum nicht zum Partner haben konnte, tat so sehr weh, als würde ihr jemand mit einer schafkantigen Kelle den Leib aushöhlen und ihre blutenden Eingeweide achtlos auf den Boden werfen.

Genauso verzehren und ausmergeln würde sie aber eine heimliche Affäre, das wusste sie aus Erfahrung nur zu gut. Auch wenn es sie übermenschliche Kräfte kosten würde, so durfte sie sich nicht auf eine Affäre mit ihm einlassen. Das war sie sich selbst schuldig. Keine Affären mehr. Calum war von ihr fasziniert, okay, aber das waren schließlich viele Männer, die jedoch allesamt nicht weiter an ihrer Person interessiert waren. Nein, sie wollte, sie konnte nicht einfach als Brücke zwischen den Zeiten für Calum dienen, damit er über seine Ex-Freundin hinwegkam und nach ihr eine richtige Beziehung eingehen konnte.

Schwer seufzend quälte sie sich aus dem Bett, wankte ins Bad und begab sich danach in den Garten, wo die Zwillinge Kaffee tranken und Rick mit seiner Anastasia skypte. Nur von Alexandra und Harper fehlte jede Spur. Ein Glück, dass wenigstens Sonntag war!

24 Calum

Calum war völlig durch den Wind, als er um vier Minuten vor zehn mit quietschenden Reifen auf dem letzten freien Parkplatz vor der Kirche in Naas hielt. Heute war die Erstkommunion von Gerald, dem Enkel einer der vielen Schwestern seiner Mutter. Auch wenn er ihn erst wenige Male gesehen hatte, so war das für eine irische Erstkommunion keine gültige Entschuldigung fürs Fernbleiben, besonders, da er nur eine gute Dreiviertelstunde entfernt wohnte.

Eigentlich hatte Calum sich seit Wochen darauf gefreut, einen Großteil seiner Verwandtschaft nach langer Zeit wiederzusehen, doch nach der Nacht mit Susan schwebte er noch immer in anderen Sphären. Noch immer spürte er sie in seinen Armen, ihre Küsse und Hände, jeden Zentimeter von ihr … Er hatte sich nie, oder zumindest so gut wie nie, oder zumindest nur selten, gestattet, sich vorzustellen, wie es wäre, mit ihr zu schlafen. Aber selbst in seinen kühnsten Träumen hätte er sich niemals dieses Ausmaß an Nähe, Vertrautheit und Hingabe vorstellen können. Weil er bis vor wenigen Stunden nicht auch nur ansatzweise geahnt hatte, wie viel mehr *Sex* sein konnte, als alles, was er bis heute Nacht erlebt hatte! Die Bezeichnung Wort *Sex* passte überhaupt nicht zu dem, was er mit Susan erlebt hatte, es war mehr, so viel mehr, dass er überfordert war.

Zum einen zeitlich. Denn als er aufgewacht war, hatte er sich auf die Seite gedreht, seine Hand in Susans Nacken gelegt und mit den Fingerspitzen über den kaum sichtbaren Flaum gestrichen. Gerade wollte er sie an sich ziehen, als ihm die Erstkommunion siedend heiß einfiel. Nach einem Blick auf ihre silberne Wanduhr stand er senkrecht neben dem Bett. Zehn nach acht!

Er musste von der Innenstadt (zum Glück war Sonntag und somit weniger Verkehr) in seinen Vorort fahren, sich duschen und rasieren, ein Hemd bügeln, in seinen Anzug schlüpfen, das Geschenk einpacken, nach Naas fahren und das alles in weniger als zwei Stunden! Er musste los. Sofort. Sollte er Susan wecken? Ja, unbedingt, auch wenn er dann zu spät käme! Aber er wollte sich nicht einfach so davonschleichen. Nicht nach dieser Wonne.

Sanft berührte er sie an der Schulter, doch sie bewegte sich nicht. „Susan", flüsterte er und versuchte es erneut. Keine Chance. Sie schlief wie ein Stein. Also riss er einen Zettel aus dem Notizblock, der auf ihrem Tisch lag, und schrieb: „Guten Morgen, Susan! Du schläfst tief und fest. Ich muss leider dringend zu einer Erstkommunion in Naas." Lange, viel zu lange, überlegte er, ob er noch: „Es war eine wunderschöne Nacht", hinzuschreiben sollte, fand das dann aber zu kitschig, vor allem, da er nicht wusste, wie sie zueinander standen, und schrieb stattdessen: „Es war super." Erst als er im Auto saß, war er von dem Satz nicht mehr überzeugt und als er in Blanchardstown unter der Dusche stand, wünschte er, er hätte ihn nie geschrieben. Ob das: „Bis Montag!", das er noch darunter gesetzt hatte, etwas retten konnte oder alles noch schlimmer machte?

Himmel! Warum musste immer alles so kompliziert sein! Susan sagte A und tat B. Oder vielleicht war er nur zu dumm und unerfahren und das, was sie ihm gegeben hatte, war bei aufgeklärten, erfahrenen, modernen Menschen völlig normal, nichts Besonderes, eine Nacht von vielen. Sie hatte ihm ja erzählt, dass sie eher unverbindliche Beziehungen hatte. Bestimmt machte er sich zu viele Gedanken und wenn sie sich morgen gegenüberstanden, würde sich alles klären. Es war immer viel einfacher, mit jemandem von Angesicht zu Angesicht zu reden, als zu schreiben, aber das war leider nicht möglich gewesen.

Als er sich nach einer guten Viertelstunde Fahrt sicher war, dass der Satz absolut doof war, wollte er ihr eine Nachricht schreiben, konnte sein Handy aber nirgends finden. Er hielt an, um zu sehen, ob es unter dem Sitz gerutscht wäre, aber dort war es nicht. Es war nirgends! Er musste es zu Hause vergessen haben. Bestimmt lag es auf dem Küchentisch unter dem Geschenkpapier, denn dort hatte er es zuletzt gesehen. Verdammt! So ein Mist! Er konnte unmöglich zurückfahren und es holen. Niemand würde ihm verzeihen, wenn er die Hälfte des Gottesdienstes verpasste. Vielleicht war es ja gar nicht so schlimm, und er machte sich viel zu viele Gedanken und Sorgen, überlegte er dann wieder. Vielleicht waren seine distanziert klingenden Worte ja sogar gut und richtig, denn schließlich hatte sie ihm gesagt, der Kuss würde sich nicht mehr wiederholen. Sie hatten sich auf ein strikt kollegiales Verhältnis geeinigt und dann war alles anders gekommen. Er hatte keinen blassen Schimmer, wie es jetzt um sie stand. Da war es ratsam, ihr nicht gleich seine innersten Gefühle auf dem Silbertablett zu servieren. Mit diesen Gedanken beschäftigt verging die Fahrt wie im Flug.

Sekunden bevor der Oberministrant an der Kordel zog, die Glöckchen erklangen und alle aufstanden, schlüpfte er auf den hintersten freien Platz. Gerade noch geschafft! Anschließend wurde gegessen, geredet und - von seiner Seite aus nicht - getratscht. Auch zwei seiner Brüder, John und Paul, waren mit ihren Familien angereist, und auf die ehrliche Antwort auf die Frage, wo Fiona wäre, reagierten einige entsetzt, mehrere überrascht, aber die meisten erleichtert.

„Wir haben uns seit Jahren gefragt, wann ihr endlich einseht, dass ihr überhaupt nicht zusammenpasst“, gestand sein Bruder John ihm und klopfte ihm aufmunternd auf die Schulter.

„Meine größte Sorge war, dass ihr heiratet, Kinder kriegt und euch dann trennt. Ihr wart doch nie wirklich glücklich miteinander“, flüsterte seine Schwägerin Siobhan ihm zu und drückte seinen Arm. „Da kommt bestimmt bald eine Neue, die mit deinem Herz auf einer Ebene ist, das spüre ich“, fügte sie hinzu und schaute ihn voll Mitgefühl an. Calum lachte und bedankte sich, war aber noch nicht bereit, etwas von Susan zu verraten, besonders, da er ja selbst nicht wusste, was Sache war.

Als er spät abends nach Hause kam, lief er in der sommerlich langen Dämmerung noch eine Runde, bevor er todmüde, aber mit seligen Gedanken an Susan ins Bett fiel …

… und am Montagmorgen gut gelaunt erwachte. Mit einem Lächeln auf den Lippen schwang er die Beine aus dem Bett und traf andert halb Stunden später bestens gelaunt im Büro ein.

„Guten Morgen allerseits! Na, hattet ihr ein schönes Wochenende?“, grüßte er in die Runde, holte sich einen Kaffee und sah sich mit wachsender Unruhe verstohlen um. Wo war Susan nur? Schon zehn nach neun, sie war doch sonst immer pünktlich! Aber er war hier der Chef, und als solcher konnte er, ohne sich zu verraten, nach ihr fragen.

„Weiß jemand, wo Susan ist?“, fragte er so sachlich wie möglich und befürchtete dennoch, dämlich zu grinsen und sich zu verraten, wenn er ihren Namen aussprach.

„Nein, nichts gehört“, antworteten alle drei schulterzuckend.

„Dann rufe ich sie mal an, wenn sie um halb noch immer nicht da ist.“ Die zwanzig Minuten bis dahin kamen ihm vor wie mehrere Stunden, denn sie tauchte nicht auf und rief auch nicht an.

Calum war so nervös wie ein Teenager, der seine Angebetete zum ersten Date einlud, als er schließlich ihre Nummer wählte. Seine Gedanken galoppierten schon auf und davon. Wie distanziert würde er sich verhalten können? Er grinste ja schon, wenn er nur an sie dachte! Konnte es ihr wirklich anders gehen als ihm?

War sie vielleicht krank? Falls ja, würde er in der Mittagspause von dieser Konditorei, in der er neulich diese köstliche *Blackforrest Cream* verspeist hatte, etwas vorbeibringen. Und dann … wenn sie dicht nebeneinander saßen und gemeinsam die leckere Torte genossen, würde er sie ins Kino oder zu einem Strandspaziergang oder einfach nur zum Essen einladen …

Das Telefon läutete, doch niemand meldete sich. Er versuchte es erneut, noch immer hob sie nicht ab, doch dann hörte er ihren Klingelton und der kam geradewegs ins Büro spaziert. Da war sie ja! Gesund, nicht krank, nur zu spät! Susan!

Kurz erschrak er vor Aufregung, starrte auf den Schreibtisch, um das Grinsen aus seinem Gesicht zu bekommen, doch es gab nichts, was er dagegen tun konnte. Er wusste, dass er über das ganze Gesicht strahlte, als er aufstand und zu ihr in den anderen Raum ging.

„Guten Morgen!", begrüßte Susan alle freundlich.

„Guten Morgen!", wollte auch er sagen, doch bei ihrem Anblick verschlug es ihm die Sprache. Sie trug dunkelrote Schuhe mit hohen Absätzen, einen grauen Bleistiftrock und eine weiße Bluse. Das Verlangen nach ihr traf ihn mit so einer Wucht, dass er benommen zurückprallte. Als er wieder klar sehen konnte, hatte sie sich zu ihm umgedreht. Er erschrak zum zweiten Mal, denn ihr stärker als sonst geschminktes Gesicht glich einer undurchdringlichen Maske, ihre Züge waren hart und durch das teure Make-up (in ihrem Bad hatte er schwarze Chanel-Dosen gesehen) schimmerten dunkle Augenringe. Als sich ihre Blicke kreuzten, wandte sie sich sofort ab, ging zu ihrem Platz und fuhr den Computer hoch.

Sein Herz klopfte zum Zerspringen, und er spürte, dass etwas Schlimmes in der Luft lag. Er ging zu ihr, stützte sich mit einer Hand an ihrem Tisch ab und sagte mit einem breiten, wenn auch gezwungenen Lächeln:

„Hey, Susan, guten Morgen!“ Sein Herz schlug so kräftig, dass ihm das Sprechen schwerfiel. „John O’Shea hat mich schon angerufen und mir gesagt, dass der Straßenverkauf ein voller Erfolg ist. Sie haben am Wochenende so viel verkauft, dass sie den Supermärkten gar keine Erdbeeren mehr liefern könnten, selbst wenn sie wollten!“

Langsam hob sie den Kopf und als sich ihre Blicke schließlich trafen, sank eine Erkenntnis wie ein tonnenschwerer Eisberg in sein Bewusstsein: Alles, was er von ihr gedacht hatte, war reine Einbildung gewesen. In ihrem Gesicht war nichts Überschäumendes, nichts Romantisches, kein Gefühl, keine Freude - nichts. Nur Kälte, Leere und Zurückweisung. Ein stummes Nicken, ein kurzes „Das freut mich“ und dann wieder das Klappern ihrer langen Nägel auf den Tasten. Nichts. So war das also in der Stadt. Die innigsten Nächte - weggewischt mit einer Handbewegung. Er rang nach Atem und versuchte, sein Gleichgewicht zu halten, denn er schwankte von der Wucht ihrer Ablehnung.

Calum fühlte sich wie erschlagen, aber so einfach konnte er nicht aufgeben. Er musste sich irren. Diese Leidenschaft, die geflüsterten Worte, der entrückte Blick in ihren Augen - all das musste doch etwas bedeuten! Das konnte doch nicht völlig ausgelöscht und unbedeutend sein! Mit schwacher, zitternder Stimme fuhr er fort:

„Die O'Sheas haben vier Stände an der Straße aufgebaut, und ich will gleich mal hören, was andere Bauern so vorhaben beziehungsweise schon unternommen haben!" Unsicher lächelte er sie an, doch diesmal hob sie gar nicht erst den Kopf, sondern sagte nur so gleichgültig, als wäre sie völlig unbeteiligt an dem Ganzen: „Schön. Ich wünsche ihnen alles Gute dabei."

Calum prallte zurück, ja, er prallte an ihr ab wie an einer Mauer aus Eis.

Er schnappte nach Luft, zog seine Jacke vom Haken und stürzte blind und taub vor Schmerz aus dem Raum.

„Hey, Calum, warte", rief sie leise und kam ihm nach.

Er blieb stehen, um zu hören, was sie von ihm wollte.

„Können wir kurz reden?", flüsterte sie so leise, dass man sie im anderen Zimmer nicht hören konnte.

„Ja, klar. Unten."

Mit schwammigen Knien lief er hinunter, ohne auf sie zu warten. Worüber wollte sie mit ihm reden?

25 Susan

Susan schlang die Arme fest um ihren Oberkörper, als sie Calum in einigem Abstand nach draußen folgte. Den marineblauen Anzug hatte sie noch nie gesehen, er passte ihm wie angegossen – oder war ihre Wahrnehmung nur verzerrt, weil sie alles an ihm unendlich attraktiv fand und nicht anders konnte, als sich vorzustellen, wie sie ihm das Hemd aufknöpfte und ... nein! Sie *durfte* so etwas nicht denken! Nie, nie wieder! Nicht nach dieser verlogenen Nacht, in der sie so viel mehr gesehen hatte! Bis sie diesen unverschämten Zettel fand. *„Es war super. Bis Montag!"*- ging es noch kränkender und eindeutiger? Wütend warf sie den Kopf nach hinten. Ihre Hände und Arme bebten vor Wut. Aber nein, dazu würde sie nichts sagen, schließlich hatte sie auch ihren Stolz und sie hatte zugestimmt gehabt, dass ihr Verhältnis rein beruflicher Natur war. Offiziell konnte sie ihm absolut nichts vorwerfen, aber insgeheim tat sie es natürlich doch.

Was genau wollte sie wie sagen? Sie blieb neben ihm stehen, schaute auf den Boden und seufzte tief.

Calum räusperte sich, sie räusperte sich und sah ihm dann ins Gesicht, in dessen Härte und Undurchdringlichkeit sie verloren war. Sein Kiefer war angespannt und sein Blick durchbohrte sie.

„Ich kündige", platzte sie heraus, als er gerade etwas sagen wollte. Sie reckte das Kinn in die Höhe, schloss die Augen und strich sich mit den Fingerspitzen eine Haarsträhne aus dem Gesicht.

Sie wollte seine Reaktion nicht sehen, weil sie es nicht ertragen würde, dass er nicht um sie kämpfte. Sie wusste, dass er es nicht tun würde, denn schließlich hatte es noch kein Mann vor ihm getan. Nur in Filmen und Büchern kämpften Männer um Frauen, aber nicht in echt, das wusste sie aus eigener Erfahrung.

Calum atmete scharf ein und schwieg lange. So lange, dass sie sich gezwungen fühlte, weiterzusprechen. „Ich wünschte, es wäre anders. Ich hatte mich sehr auf die Arbeit gefreut, aber nach allem, was passiert ist, kann ich einfach nicht bleiben." Sie machte eine Pause und wartete. Vergeblich. Da kam nichts. Warum tat er nichts? Nach dieser Nacht! Nach allem, was war! Merkte er denn nicht, dass sie nach seiner Liebe schrie? Also weiter. „Eine weitere Affäre mit meinem Chef, die zu nichts führt, halte ich nicht aus", fügte sie hinzu und starrte unbewegt auf die Straße. Vor Anspannung zitterte sie leicht. Warum packte er sie nicht endlich an den

Schultern, riss sie herum und schrie sie an: „Ich bin aber nicht nur dein Chef! Ich will mehr für dich sein! Das, was du sagst, meinst du doch gar nicht so!"

Doch nach wie vor stand er einfach reglos da und sagte nichts.

Sie wollte noch etwas hinzufügen, doch außer einem heiseren Krächzen kam kein Laut mehr aus ihrer Kehle.

„Ich verstehe", sagte Calum schließlich kühl, und als er „Susan" hinzufügte, bebte der Boden unter ihr. Nur kurz, denn den Schmerz und die Sehnsucht, die sie darin zu hören glaubte, bildete sie sich bestimmt nur ein, denn er tat nichts, gar nichts, um sie aufzuhalten. Nur kurz flammte sein Blick auf, doch dann fiel laut ratternd ein Eisengitter zwischen ihnen herunter und sie war wieder allein. Getrennt von Calum, ohne die Möglichkeit, ihm nahe zu kommen.

Mit geschlossenem Mund lächelte er schwach, blieb aber stumm.

„Ich wünsche dir und deiner Firma alles Gute", sagte sie mit aufsteigenden Tränen. Er konnte sie doch nicht einfach so gehen lassen! „Ich wünschte, ich könnte weiterhin zu dem Erfolg beitragen."

„Aber du kannst nicht." Er steckte die Hände in die Hosentaschen. „Ich wünsche dir auch alles Gute."

„Danke“, würgte sie hervor. Sie musste hier weg, wenn sie nicht vor ihm losweinen wollte. Schon wandte sie sich ab und machte einen Schritt davon.

„Noch was, Susan“, rief er sie da leise und beinahe sanft zurück. „Denk immer dran, was ich dir gesagt habe. Tu immer nur das, was dir wirklich guttut und verstell dich nicht.“

Eindringlich sah er sie an, lächelte aber nicht. Stattdessen biss er die Lippen aufeinander und sagte nichts mehr.

„Danke“, wisperte sie.

Wie in einem Nichts gefangen sahen sie sich wie zwei geisteskranke Fremde an, traten von einem Fuß auf den anderen, hoben die Schultern und hatten sich nichts mehr zu sagen.

„Gut, also dann – danke für alles“, murmelte sie und hob die Hand zum Gruß.

„Mach's gut, Susan“, sagte er so leise, dass sie nicht sicher war, ob sie sich die Worte nur einbildete. „Ich muss zu einem Meeting. Du kannst dich also in Ruhe von den anderen verabschieden“, ließ er sie wissen, wobei er verzerrt grinste. Dann hob auch er die Hand zum Gruß, drehte sich um und ging davon.

Eine warme Brise fuhr in Susans Haar. Es roch nach Sommer, doch der war zu einem unerreichbaren Ort geworden war. „Mach's gut,

Calum“, wisperte sie erstickt und sah ihn zwischen den Passanten verschwinden.

Lautlos traten die Tränen aus ihren Augen und tropften auf den Boden. Warum nur? Warum nur musste sie sich immer in den Falschen verlieben, und warum ausgerechnet dieses Mal so schwer? Dabei war doch so gut wie nichts passiert! Der eine Kuss, die eine Nacht – sie war die hoffnungsloseste Romantikerin von allen, wenn sie sich im Jahr 2017 ernsthaft mehr davon erwartete. Das alles bedeutete doch nichts, null, nada, das wusste sie selbst genau. Wie war sie auf die dämliche Idee gekommen, mit Calum wäre es anders als in ihrem gesamten bisherigen Leben? Nur, weil sie sich so sicher und geborgen bei ihm gefühlt hatte? Einbildung, alles Einbildung! All die Äußerlichkeiten waren unwichtig geworden, sie hatte sich ihm als sie selbst gezeigt, ohne Maske – und nichts hatte sich geändert. Weder mit noch ohne konnte sie einen Mann an sich binden. Sie trug etwas in sich, das es verhinderte, dass jemand sie liebte. Das wusste sie und wenn sie noch in ihrem Bett gelegen hätte, hätte sie sich dem Selbstmitleid hingegeben und hemmungslos geschluchzt. Aber nicht hier.

Sie riss sich zusammen und ging wieder nach oben. Keiner der drei verstand ihre „persönlichen Gründe“, aufgrund derer sie kündigen musste, aber alle bedauerten ihr Ausscheiden und wünschten ihr für ihren weiteren Weg alles Gute.

Dann ging sie auch von diesem Ort und diesem Liebhaber fort. Wieder ließ sie ein Stück ihrer selbst zurück, doch anders als vor einer Woche ohne die Hoffnung, etwas Besseres zu finden. Sie ging die belebte, aber gleichzeitig unendlich einsame Straße entlang nach Hause in ihre Wohnung, die sie nicht mehr betreten wollte, weil sie voll mit Erinnerungen an Calum war.

Von einem Weinkrampf geschüttelt riss sie die Bettwäsche, die noch nach Calum roch, herunter und bezog es frisch. Dann legte sie sich ins Bett und verließ es lange Zeit nicht mehr.

26 Calum

Zwölf Tage später

Seit Wochen hatte Calum seine Mutter nicht besucht, aber zumindest oft mit ihr telefoniert. Nach der Trennung von Fiona, die ja wirklich eine war, und der von Susan, die im Grunde keine war, hatte er sich zunächst in die Arbeit und seinen Sport gestürzt. Da ihm am Wochenende *nach Susan* die Decke auf den Kopf gefallen war, war er dem inneren Drang gefolgt und hatte sich am folgenden Freitag auf den Weg in Richtung Osten gemacht. Als er nach fast fünf Stunden Fahrt gegen einundzwanzig Uhr vor seinem alten Zuhause aus dem Wagen stieg, lief Aralt, der Schäferhund, ihm schon freudig bellend entgegen. Die Wehmut, als Fremder hier zu stehen, und der Schmerz der Heimatlosigkeit, die damit einherging, dass er keine Freundin hatte, die ihn liebte und die er lieben durfte, ließen seine Wangen zittern. Schnell vergrub er sein Gesicht in dem dichten Fell des Hundes und knuddelte ihn kräftig, woraufhin das Tier ihm zur Begrüßung freudig über die Wange leckte.

„Wäh, Aralt, du Sau“, schrie er und musste lachen. Dann wischte er sich mit dem Ärmel notdürftig das Gesicht ab, ging zum Brunnen und wusch es mit eiskaltem Wasser.

„Calum!“, schallte es da über den Hof und all seine Nichten und Neffen kamen, gefolgt von deren Eltern.

„Mensch, Aine, bist du groß geworden!“ Er breitete die Arme aus und wirbelte seine jüngste Nichte, die vor Freude gluckste, durch die Luft. Dann begrüßte er der Reihe nach Niamh, Breccan und Oisin sowie seine Schwägerin Clodagh und seinen Bruder Lorcan. In einigen Metern Abstand näherte sich langsam seine Mutter. Das Alter hatte ihren Rücken krumm und ihre Beine langsam gemacht, doch in ihren Augen fand sich noch immer die gleiche große Güte und Warmherzigkeit, wie er sie sein Leben lang gekannt hatte. Er sah ihr an, dass sie ahnte, aber nicht sicher wusste, dass Fiona und er sich getrennt hatten. Stumm und mit feuchten Augen blieb sie ein paar Schritte vor ihm stehen, breitete ihre Arme aus und wartete, bis er zu ihr kam, um ihn fest an sich zu drücken. Fest, aber nur kurz, denn allzu viel hielt sie nicht vom Austausch von Zärtlichkeiten und anderen Körperkontakten. Sie war eben eine vom alten Schlag, dachte er und lächelte dankbar, als er sich von ihr löste. „Hallo Mom“, sagte er zärtlich und zusammen gingen sie in den hinteren Garten, wo ihn ein kaltes Abendessen und Bier erwarteten.

Nach ein paar Pints und vielen alten Schoten gingen sie um nach Mitternacht ins Bett.

Nach der üblichen Stallarbeit versammelten sich am Samstagmittag alle in der großen, gemütlichen Küche.

Martina Doherty, seine Mutter, schnitt den noch ofenwarmen Rhabarberkuchen in gleich große Stücke und legte jedem eins davon auf den Teller. Mit den für sie typischen ruhigen Bewegungen goss sie anschließend Tee in die Tassen und reichte ihrem Sohn Calum als Erstem die Milch. Ihr ältester Sohn Lorcan und seine Familie mussten dem Gast zu Ehren warten, stellte er gerührt fest, denn ihr Leben lang hatte seine Mutter dem Alter nach das Essen ausgeteilt.

Nachdem alle die ersten Bissen genommen, sie genossen und die Bäckerin gelobt hatten, fragte Martina mit der ihr eigenen Direktheit: „So, Calum, und was ist jetzt Fiona? Ist das jetzt aus und vorbei mit euch?“ Angespannt hielt sie den Atem an und zuckte nicht mit der Wimper.

„Ähm, Mom, ja …“ Verlegen schaute er auf seine Nichten und Neffen, die mit gespitzten Ohren das Gespräch verfolgten. „Das stimmt. Aber das wollte ich dir in Ruhe erzählen. Woher weißt du das denn?“

„Bub, Irland ist ein Dorf und das hier erst recht. Die Leute reden, John und Paul haben dich bei der Erstkommunion gesehen und ich selbst bin ja auch noch nicht ganz blind. Aber was ist jetzt mit ihr? Ist sie noch in Dublin?"

Calum zuckte die Schultern und schluckte den Kuchen hinunter, bevor er antwortete: „Ehrlich gesagt, weiß ich es nicht. Ich habe nichts mehr von ihr gehört, seitdem sie ausgezogen ist."

„Ach." Seine Mutter ließ die Kuchengabel sinken. „Und wie lange ist das her?"

„Nicht ganz drei Wochen."

Sie hob die Schultern, seufzte, wischte sich dann mit dem Handrücken über die Stirn und schaute aus dem Fenster in die Ferne. „Mhm. Schade. Sie war eigentlich ein gutes Mädchen. Eins von hier."

„Mum", schaltete sich Lorcan ein „Gut und „von hier" reicht doch nicht, wenn beide etwas ganz anderes vom Leben wollen, findest du nicht?"

„Was es da groß anderes zu wollen gibt, kapier ich nicht", erwiderte sie mit starrem Hals und starrem Blick. „Die jungen Leute heutzutage machen sich alles im Leben so schwer …"

„Na ja … Die Zeiten haben sich eben geändert. Auch als du jung warst, hätte doch nicht jeder Mann zu dir gepasst, oder?", fuhr Lorcan sanft fort.

„Nein, das nicht. Aber einen guten Mann hätte ich nicht verschmäht, wenn er sich um die Familie, das Land und das Vieh kümmert, ehrlich zu sich ist und Gott ehrt.“

Lorcan und Calum wechselten einen vielsagenden Blick.

„Aber heutzutage ist es nicht mehr so einfach. Da spielen Land und Vieh, und auch Gott, keine große Rolle mehr.“ Er unterbrach sich, weil Martina nach Luft schnappte. „Und für Calum ist es doch auch besser, wenn er eine Frau heiraten kann, mit der er wirklich glücklich ist und mit der er eine echte Verbindung hat.

„Pf“, machte Martina und fuhr mit der Hand unwirsch durch die Luft. „So schlimm wird es schon nicht gewesen sein, schließlich war sie eine Frau! Von hier! Und bis Calum eine Neue findet, ist er doch längst halb verhungert! Wer soll denn für ihn putzen, kochen und ihm unter die Arme greifen, besonders jetzt, da er so viel in der Arbeit zu tun hat und so viel Verantwortung im Beruf hat?“

„Mom!“, rief Calum und wollte aufspringen, stieß aber gegen den Tisch und brachte das Geschirr zum Scheppern. „Ich kann mich schon selber um mich kümmern! Das habe ich doch von dir gelernt.“

„Na, und, entschuldigt bitte, wenn ich das sage, aber Fiona war nicht gerade ein Ass in Haushaltsführung. Ich habe mich oft gefragt, wie sie das alles mit Kindern hinkriegen will, wenn sie so schon nie was weggeräumt, sondern alles liegen und stehen und fallen lassen hat."

Calum lachte verlegen auf, so sehr schämte er sich für seine Ex. Er zog die Schultern hoch und schaute auf den Teller vor ihm. „Das stimmt schon. Mit Ordnung und Putzen hatte sie es nicht besonders." Anders als Susan, die dem anderen Extrem anzugehören schien. Bei ihr hatte alles geblitzt und geduftet. „Also, Mom, mach dir darum mal keine Sorgen. Als ich studiert habe, ging es doch auch! Ist das alles, was dir schlaflose Nächte bereitet?"

„Ach!" In kleinen, ruckartigen Bewegungen schüttelte sie den Kopf. „Und dass du auch so alt wirst! Es könnten schon längst Enkel von dir raumlaufen, aber … Nix zu machen."

„Nein, nix zu machen, da hast du recht. Aber wo sollten die denn auch rumlaufen? In der Wohnung in Dublin?"

„Schon gut, schon gut. Lass."

Schweigend aßen und tranken sie weiter, bis Clodagh in die Stille hinein feststellte: „Du siehst aber echt schon ganz schön mitgenommen und traurig aus, Calum."

„Echt? Ach so, das ist …", wich er aus.

„Liebeskummer", tschilpte die elfjährige Niamh vorlaut und kicherte verlegen in ihre vorgehaltenen Hände.

„Ja, genau“, seufzte Calum und trank seinen Tee aus.

„Also doch?“ Der Kopf seiner Mutter schnellte nach oben.

„Ja, schon – aber nicht wegen Fiona“, gab er leise zu und kratzte sich im Nacken.

„Nicht – wegen Fiona?“, stießen alle Erwachsenen hervor und machten große Augen.

„Nein. Nicht wegen Fiona.“

„Bist du ...? Calum! Du bist ihr doch nicht etwa fremdgegangen?", rief Clodagh entsetzt und wollte aufspringen.

Calum glaubte an Ehrlichkeit, aber sich jetzt vor seiner Mutter, seinem ältesten Bruder und dem Rest der Familie diese alberne, aussichtslose Verliebtheit in eine Frau, die in der Champions League spielte, während er es nicht mal zur Kreisliga gebracht hatte, einzugestehen, fiel ihm schwer. Mehrmals öffnete und schloss er den Mund, um etwas zu sagen, doch nur ein dünnes Krächzen kam heraus. In der Familie hatten sie nie viel über Gefühle und nur in knappen Sätzen über den Stand einer Beziehung gesprochen. Ein so ausführliches Gespräch war neu für ihn. Ausgerechnet jetzt! Er wand sich, steckte die Hände zwischen die Beine, zog die Schultern hoch und schaute auf den Tisch. Doch dann sah er plötzlich das strahlende Blau von Susans Augen vor sich. Er richtete sich auf und sagte gerade heraus: „Nein! Natürlich nicht. Das habe ich nie getan und würde ich auch nicht tun. Als ich sie kennengelernt habe, war es schon so gut wie aus zwischen mir und Fiona. Wir hatten schon Monate oder gar Jahre lang eine Dauerkrise. Na ja, ich hatte die andere, Susan heißt sie, gerade mal kennengelernt, aber da war sie auch schon wieder weg, schneller, als ich überhaupt schauen konnte."

Seine Mutter schnaubte, während Clodagh hörbar nach Worten suchte. Nach seinem Geständnis fühlte Calum sich merkwürdigerweise erleichtert. Er lehnte sich auf der Holzbank zurück und spürte, dass alle Übrigen sich fragend anschauten.

Susan. Immer noch Susan. Nach einem Abend, einer Nacht - und fast zwei Wochen. Er war so ein jämmerlicher Lappen, dass er es selbst nicht glauben konnte und sich eigentlich schämen sollte, aber da die schönen Erinnerungen an sie gerade so stark waren, war er einfach nur glücklich.

„Und warum ist sie schon wieder weg?", fragte Clodagh schließlich.

Seufzend zuckte Calum die Schultern und verzog das Gesicht. Was sollte er darauf sagen? Dass Stadtmenschen anscheinend so oberflächlich waren? Dass sie scheinbar mit jedem ihrer Chefs was gehabt und keine Lust mehr darauf hatte, warum genau auch immer? Schließlich sagte er doch etwas. „Wir hätten zusammenarbeiten sollen."

„Aaaaaahhh! Der Chef und die Sekretärin?", feixte sein Bruder und boxte ihm gegen den Arm. Noch nie zuvor hatte er so viel brüderliches Einfühlungsvermögen gezeigt hatte wie vorhin.

„Ha ha", machte Calum und spürte, dass er rot wurde.

Clodagh prustete los und rempelte Lorcan an. „Wie bei Siobhan und John!"

„Und bei Mom und Dad!", konterte Lorcan lachend und tätschelte die Hand seiner Mutter. „Du bist doch auch als Magd an den Hof gekommen, nicht wahr, Mom?"

„Ja, ja", antwortete die mit einem verschmitzten Glänzen. „Das war ich … vor langer, langer Zeit."

„Siehst du! Dass die Frauen ihre Vorgesetzten heiraten, liegt also in der Familie!", feixte Clodagh und drückte Lorcans Hand, der seinerseits Calum auf den Rücken haute, ihn brüderlich an sich zog und ihn noch immer lachend herausforderte: „Also, *davon* wirst du dich ja wohl nicht im Ernst abhalten lassen, wenn das alles ist, oder?"

27 Susan

„Hey, Susan, Süße, wie lange willst du denn jetzt noch knietief im Selbstmitleid waten?“ Alexandras ungeduldige Stimme riss Susan aus ihrem Dämmerschlaf. Benommen richtete sie sich auf und beobachtete die Freundin dabei, wie sie die Fenster öffnete und einen Stopper davorstellte, damit es ordentlich durchlüften konnte.

„Ich wate nicht“, nölte Susan und gähnte herzhaft.

„Nein? Für mich sieht das aber anders aus. Erstens hast du die letzten zwei Wochen mehr im Bett verbracht als sonst in einem halben Jahr. Zweitens war deine Wohnung immer die sauberste von allen und jetzt sieht es hier aus wie im Saustall. Drittens hast du dich immer gesund ernährt und jetzt stapelt sich ein Pizzakarton auf dem nächsten. Viertens …“

Susan hielt sich die Ohren zu.

„Hör mir zu!“, fuhr Alexandra sie scharf an, und es war offensichtlich, dass sie am Ende ihrer Nachsicht war. „Viertens bist du seit zwei Wochen arbeitslos und hast dich noch nicht einmal nach einer neuen Stelle umgeschaut, geschweige denn beworben. Und da sagst du, du watest nicht knietief im

Selbstmitleid? Richtig! Du hast recht. Ich hätte *kinntief* sagen sollen! Denn fünftens ist es zwölf Uhr an einem Samstagnachmittag und wenn ich dich nicht geweckt hätte, würdest du noch immer pennen! Sechstens sind deine Haare fettig und stinken schon und bestimmt hast du dich seit Tagen nicht gewaschen."

„Hör auf!", brüllte Susan verzweifelt und hielt sich wieder die Ohren zu. „Hör einfach auf."

„Nein! Ich hör nicht auf, bis du nicht wieder normal wirst! Die Sonne scheint, es ist warm draußen, keine Wolke weit und breit in Sicht, und wir wollen los an den Strand – Susan, mach jetzt hinne!"

„Was? Wieso denn? Fahrt allein, ehrlich, ich will nicht an den Strand und mir macht es nichts aus, allein zu sein."

„Aber uns!", fauchte Alexandra und starrte sie wütend an. „Uns macht es etwas aus, mit einem Zombie zusammenzuleben. Du fehlst uns, kapierst du das denn nicht? Keiner von uns versteht, was mit dir los ist! Rick und Natalie machen sich schon Sorgen, dass du eine ernste Depression entwickelst. Das ist nicht mehr lustig, Susan!"

„Was interessiert es mich, was lustig ist!", keifte Susan, schlug mit der flachen Hand auf das Kissen und schluchzte auf. „Was weißt du überhaupt?"

Bestürzt ließ Alexandra die Arme sinken, schaute Susan an und setzte sich zu ihr aufs Bett.

„Hey, was ist denn eigentlich los?“, fragte sie besorgt. „Willst du nicht doch endlich darüber reden?“

„Ach, Alex“, heulte Susan und verbarg ihr tränennasses Gesicht in dem langen Haar ihrer Freundin. „Es ist … es tut einfach so weh.“

„Wegen Calum?“

„Jaha!“, jaulte Susan, wobei heftige Schauer ihren dürren Körper schüttelten.

„Weil er dir gekündigt hat?“

„Er ... er hat gar nicht mir gekündigt, sondern ich …“

„Was?“ Alexandra schob Susan von sich und versteifte sich. „Du? Du hast gekündigt?“

„Ja, ich.“

„Aber ... aber warum denn?“

„Weil ich ... weil ich es nicht ertragen konnte, ihn jeden Tag zu sehen und so zu tun, als wäre nie etwas zwischen uns passiert. Noch dazu etwas … soho Schönes. Und ich ... ich konnte nicht schon wieder die heimliche Geliebte vom Chef sein. Uahahaa“, heulte sie und presste ein Kissen vors Gesicht.

„Deswegen also, Susan …“, wisperte Alexandra kraftlos.

„Jaha …“

Beruhigend strich Alexandra über Susans Kopf und suchte wohl nach den richtigen Worten.

„Und ...“, schniefte Susan, „und ich habe gekündigt, weil ...” Sie brach ab, denn sie konnte nicht sagen, was der eigentliche Grund gewesen war.

„Du hast gekündigt, weil …?“, fragte Alexandra sanft nach.

„Damit er …“ Sie konnte es nicht sagen. Sie konnte einfach nicht zugeben, dass sie gekündigt hatte, damit er sie genau davon abhielte. „Damit ich es nicht von ihm hören muss“, zischte sie.

„Ach, Susan … Das ...“ Alexandra legte beide Arme um sie und wiegte sie beruhigend hin und her. „Ach, Susan, das tut mir so unendlich leid. Wann wird das endlich anders bei dir, hm?“

Alexandra gab beruhigende Laute von sich, und so saß sie eine Weile da, bis sie mit einem Mal wie ein verhungernder Rohrspatz losschimpfte: „Und wir haben den Mistkerl auch noch reingelassen und ihn zum Essen eingeladen! Ha! Wir sind genau wie du auf ihn reingefallen und fanden ihn noch total sympathisch! Dabei wollte der linke Hund nur mit dir ins Bett! Das ist es. So ein Aas. So ein Geier. So ein ... Widerling!”, fluchte sie mit wutverzerrtem Gesicht und wiegte die laut schluchzenden Susan so schnell hin und her, dass sie sie beinahe herumriss.

„A... aber das stimmt nicht“, verteidigte Susan ihn und löste sich aus Alexandras Armen. „Er hat immer gegen seine Gefühle angekämpft und dann, gerade als wir uns auf eine rein geschäftliche

Beziehung geeinigt hatten, also wegen des Kusses, da haben wir uns zum A... Abschied die Hände gegeben und dahann", schniefte sie, „ist es passiert. Wie eine ... eine Naturgewalt. Und es war so schön, Alex, so schön!" Sie drehte sich um und trommelte mit den Fäusten auf die Matratze. „So ganz anders und ... er wollte nicht nur mit mir ins Bett, nein, ganz bestimmt nicht. Deswegen war er nicht hergekommen, da bin ich mir ganz sicher."

Prüfend sah Alexandra sie an, drehte sich schräg zu Susan und sagte ruhig: „Ich weiß ja, dass es dir so leichter fällt, aber trotzdem sollst du nicht immer die Männer in Schutz nehmen und sie verteidigen. Sag, was du willst, aber für mich ist und bleibt er eine miese Ratte. Sonst hätte er sich anders verhalten."

Susan seufzte und stand auf. Sie ging auf und ab, fuchtelte mit den Händen in der Luft herum und wollte noch irgendetwas sagen, doch sie wusste, dass es sinnlos war, Alexandra vom Gegenteil zu überzeugen. Und vielleicht hatte sie ja auch gar nicht so unrecht.

„Und, was ist nun? Kommst du jetzt mit an den Strand?", fragte Alexandra und stand ebenfalls auf.

„Nein, geht ihr nur, ich mache hier erst mal Ordnung und suche im Internet nach einer Stelle", antwortete Susan wieder gefasster und hob die Hand zum Gruß. Sie hatte es Alexandra nicht gesagt und würde es ihr auch nicht sagen, dass sie sich selbst die größten Vorwürfe wegen ihres Verhaltens machte. Wenn sie nicht voreilig gekündigt hätte, nur, weil sie wollte, dass er sie davon abhielt, hätten sie vielleicht doch … Wer weiß, was gekommen wäre. Aber vielleicht hatte sie ihn mit ihrem Beharren auf der Ausweglosigkeit und ihrem gewiss mal wieder eiskalten Gesicht und Gehabe verschreckt. Bestimmt trug sie selbst zumindest eine Mitschuld. Vielleicht hätte sie etwas retten können, vielleicht aber auch nicht, denn er hatte nichts getan, und das aus dem Grund, weil sie ihm eben doch nicht richtig viel wert war. Nein, Alexandra würde diese Erklärung nicht verstehen, aber sie tat es dafür umso besser.

„Schönen Tag euch!", rief sie ihrer Freundin nach und war froh, dass sie ging.

„Dir auch, Liebes, bis später! Wir essen zumindest alle gemeinsam zu Abend, okay?"

„Okay!" Lachend hob sie den Daumen und wusste, dass eine der wenigen richtigen Entscheidungen in ihrem Leben die gewesen war, sich mit ihren Freunden zu befreunden.

28 Calum

Calum nahm all seinen Mut zusammen und klingelte an der roten Haustür. Er hatte nicht darüber nachgedacht, wer von den Bewohnern ihm öffnen würde, oder ob überhaupt jemand zu Hause wäre. Doch dann ging die Tür auf und die im ersten Augenblick noch freundlich dreinblickende Alexandra stierte ihn beinahe vor Wut schnaubend an.

Erschrocken wich er einen Schritt zurück. Was war passiert? Als er sie das letzte Mal gesehen hatte, war sie doch so freundlich zu ihm gewesen!

„Was willst du hier?“, fragte sie scharf und verschränkte die Arme vor der Brust, womit sie ihm eindeutig den Zutritt verwehrte.

„Ist Susan bitte da?“, fragte er so höflich er konnte. Für ihn stand außer Frage, dass Alexandra wusste, was vorgefallen war.

„Was, wenn ja?“, konterte Alexandra schnippisch, woraufhin Calum langsam die Schultern hob und sich bemühte, sie weiterhin mit Respekt zu behandeln, obwohl sein Geduldsfaden schon gefährlich kurz vorm Reißen war. Seit dreizehn Tagen hatte er Susan nicht gesehen, hatte gelitten, sie schmerzlich vermisst, doch seitdem er heute am Sonntagvormittag in County Kerry losgefahren war, brannten ihm die Sekunden wie heiße Nadeln unter den Nägeln.

„Dann wäre ich dir sehr dankbar, wenn du mich zu ihr lässt", antwortete er so ruhig er konnte.

Alexandra zögerte eine Weile, dann aber trat sie zur Seite und ließ ihn vorbei. „Du weißt ja, wo sie wohnt."

„Danke!", stieß er hervor und rannte nach oben.

„Hey! Einen Moment noch", brüllte sie ihm nach und baute sich wie eine Furie am unteren Treppenabsatz auf. „Wenn sie heult, wenn du gehst, tu ich dir was an! Das schwöre ich!", fauchte sie, stemmte die Hände in die Hüften und stierte ihn bitterböse an.

„Okay. Ist gut!" Hastig lief er weiter, denn er ging nicht davon aus, dass das der Fall sein könnte, bremste scharf vor Susans Wohnungstür ab und klopfte schnell und laut an.

Keine zwei Sekunden später öffnete sich die Tür, ohne dass er von drinnen ein Geräusch gehört hätte. Vor ihm stand – Susan! Mit halb verstrubbelten, halb gekämmten Haaren, aus denen das Wasser triefte. Sie trug ein weites T-Shirt über einem Sportbustier und kein Make-up. Die Bürste, die sie in der Hand gehalten hatte, fiel scheppernd zu Boden. Mit weit aufgerissenen Augen starrte sie ihn wortlos an, bevor sie erstickt „Calum!“ rief.

„Hey, Susan, ähm – ich wollte dich eigentlich nicht schon wieder unangemeldet überfallen oder stören … ähm … Soll ich später wiederkommen?“

„Wie? Was? Nein. Nein, komm rein. Einen Moment nur“, haspelte sie, tapste barfuß ins Bad zurück und tauchte kurz darauf fertig gekämmt wieder auf. „So, worum geht's denn?“, fragte sie betont freundlich, trat aber von einem Fuß auf den anderen, während ihre Finger eine Strähne nach der anderen aufwickelten und wieder losließen.

„Also … ich … ich war das Wochenende zu Hause und … da bin ich auf dem Rückweg bei O'Shea vorbeigefahren und ich soll dich ganz herzlich von ihm grüßen. Die Verkaufsstände laufen so gut, dass er den Verlust vom Anfang des Jahres schon komplett ausgeglichen hat. Ähnliches höre ich übrigens von allen Bauern im Land. Wir haben deine Idee weitergegeben; sie bieten Kartoffeln, Rüben, im Herbst auch Trauben, einfach alles auf diese Art an! Und das ist ... das ist dein Verdienst, Susan!“ Zum ersten Mal seit zwei Wochen lächelte er. Die Gelegenheit, sie glücklich zu machen und das Leuchten in ihren Augen zu sehen, war zum Greifen nah. Schon zuckte es in ihren Augen- und Mundwinkeln und in die starre Maske schien Leben zu kommen. Bitte, schau nicht so ernst!, flehte er innerlich. Und da – da lächelte sie tatsächlich! Breiter und immer breiter, bis sie strahlte.

„Wie schön", seufzte sie schließlich mit belegter Stimme. „Das freut mich wirklich sehr."

Er nickte glücklich. „Dafür wollte ich dir persönlich danken."

„Oh, bitte, gern. Ich bin froh, dass ich zumindest etwas Gutes getan habe!"

„Na, aber hallo! Und wie! Die Verkaufsstände könnten vieles oder sogar fast alles ändern. Die Bauern haben ein Druckmittel bei den Verhandlungen mit den Supermärkten, weil sie nicht mehr gezwungen sind, zu Schleuderpreisen an sie zu verkaufen. Das ist eine Wahnsinnsveränderung, Susan, das musst du dir immer wieder bewusst machen! Das hast du in die Wege geleitet!" Er war ganz aufgeregt und wippte auf den Füßen vor und zurück. Dennoch war nach wie vor eine Distanz zwischen ihnen, und sie schien nicht zu begreifen, was er eigentlich wollte. Hätte er sie dazu nicht am Montag aus dem Büro anrufen können? Doch, natürlich, jeder andere hätte das getan … Aber er war eben nicht jeder andere. Er war Calum Doherty, ihr Ex-Chef und bis über beide Ohren in sie verliebt!

„Das freut mich, echt", sagte sie noch einmal und sah ihn entweder erwartungsvoll oder ungeduldig an.

„Ich will, dass du zurückkommst", platzte es aus ihm heraus.

„Wie?" Fassungslos starrte sie ihn an. „Calum!"

„Hör mir zu, okay? Bitte?", bat er sie in einem Ton, der ihr die Dringlichkeit und Ehrlichkeit seines Anliegens verraten musste.

„Ich will, dass wir zusammenarbeiten. Ich will, dass du unsere Chief Operations Officerin bist, ich will dir alles beibringen, was du wissen musst, genau so, wie wir es vorhatten." Er machte eine Pause und sah sie ernst und flehend an. Sie riss die Augen auf und tastete nach der Wand.

„Bitte, Susan, tu uns den Gefallen ... erweise uns die Ehre und fang wieder bei uns an!" Seine Stimme war immer leiser und flehender geworden. Er hatte den Kopf leicht zur Seite geneigt und die Hände aneinander gelegt. „Bitte, Susan."

Scheinbar wusste sie nicht ein noch aus, machte einen Schritt nach links, einen nach rechts und raufte sich die Haare.

„Calum ... danke für das Angebot. Aber ich muss wirklich aufhören, den immer gleichen Fehler bis ans Ende meines Lebens zu wiederholen. Sogar, wenn du mir schwörst, dass es nicht noch einmal passiert, dann kann ich dem nicht trauen. Ich werde immer mit der Angst leben, dass es sich doch wiederholt, dass es ... Ach, ich habe es einfach so satt, immer nur die heimliche Nebenfrau zu sein“, murmelte sie mit zitternder Stimme.

Völlig verwirrt starrte er sie an. Wovon redete sie da? Sein Puls raste, seine Gedanken wirbelten durcheinander. Nebenfrau? Fehler wiederholen? Ja, aber doch nicht für ihn!

„Ich weiß, was du fühlst, aber ich will nicht, dass du so fühlst … und denkst.“ Was konnte er wie noch sagen? Ihm fehlten die Worte. Er war noch nie gut in Liebesgeständnissen gewesen, nicht in verbalen zumindest. Er begriff ja nicht einmal, was sie meinte, was genau sie fühlte und ob sie ihm wirklich etwas anderes sagen wollte als das, was sie tatsächlich sagte. Das, was sie sagte, ergab jedenfalls keinen Sinn. Zerfahren legte er die Hand an die Stirn und schüttelte den Kopf. „Susan, ich …“

„Also, wenn du ehrlich nicht willst, dass ich so fühle, dann geh! Warum kommst du dann hierher und schlägst mir das vor? Noch dazu an einem Sonntag? Ich kann nicht! Ich kann nicht, weil …“ Weiter kam sie nicht, dann brach ihre Stimme. Sie riss die Tür auf, schubste ihn hinaus und schlug die Tür hinter ihm zu. „Susan!“, rief er noch ängstlich und noch immer ohne auch nur ansatzweise zu begreifen, was vor sich ging.

„Hau ab“, zischte Alexandra von der Treppe her. „Ich habe dich gewarnt!“

„Aber ... es ist alles ganz anders! Ich glaube, es gibt ein Missverständnis! Susan!“, rief er noch einmal und klopfte an ihre Tür. „Bitte, lass uns reden. Über alles. Es ist, glaube ich, nicht so, wie du ...“

„Verschwinde!“, schrie Susan von drinnen, und er war sich sicher, dass sie weinte. Aber warum?

29 Susan

Vergeblich versuchte Susan, sich zu beruhigen, aber es gelang ihr nicht. Die Tränen strömten in Sturzbächen aus ihr heraus und ein heftiger Heulkrampf erschütterte sie. Völlig aufgelöst und kraftlos saß sie auf dem Boden und versuchte, sich an irgendetwas zu klammern, an etwas, das in ihrem Leben wirklich gut und beständig war. An einen Menschen, der sie einfach bedingungslos in die Arme genommen und so geliebt hätte, wie sie war. Doch außer Alexandra fiel ihr niemand ein, und selbst bei ihr war das Wort *Liebe* zu hoch gegriffen. Eine Freundschaft war keine Liebe, egal, wie gut und fest sie war. Es war allerdings genau jene Alexandra, die einfach hereinkam, da sie auf ihr Klopfen nicht reagiert hatte, und sich zu ihr auf den Boden setzte.

„Hey, Susan, Liebes – er ist wieder weg“, wisperte sie beruhigend und legte den Arm um Susan.

„Er will, dass ich wieder bei ihm anfange!“, heulte Susan auf.

„Was? Dieses Monster! Dieses herzlose Monster!“, schimpfte Alexandra erbost.

„Um ein Haar hätte ich ihm gesagt, was ich für ihn empfinde. Er weiß es jetzt aber auch so, glaube ich. Ach, Alex, ich will ihn nie wiedersehen, weil ich mich so schäme."

„Verlass dich auf mich: Hier kommt er nicht mehr rein! So ein egoistischer, rücksichtloser Bastard! Platzt hier einfach mit etwas Beruflichem rein - und noch dazu am Sonntag!", fauchte Alexandra.

„Ja, weißt du, er war auf dem Weg und wollte wohl, dass ich morgen gleich wieder anfange. Er hat mir von dem Erfolg meiner Idee erzählt und dass ich wirklich was für das Land getan habe. Und das ... das freut mich so, Alex. Die Arbeit bei ihm …"

„Denk nicht mal dran", schnitt Alex ihr das Wort ab. „Keine Affären mehr mit Chefs. Und erzähl mir nichts. Früher oder später landet ihr wieder miteinander in der Kiste. Du findest bestimmt eine andere Stelle, die dir genauso viel Spaß macht. Am besten eine mit einer weiblichen Vorgesetzten!"

„Pff, so ein Unsinn …", schnaufte Susan und starrte dumpf vor sich hin.

„Susan, du musst echt aufhören, so von ihm zu sprechen und zu denken, sondern endlich einsehen, wer er wirklich ist. Nur weil er so gut aussieht, vom Land ist, *kein* Geld hat und sein Unternehmen eine richtig wichtige und gute Arbeit macht, heißt das noch lange nicht, dass er automatisch gut ist, verstehst du?"

„Gut? Du hast ja keine Ahnung, wie gut er küssen kann!“, verteidigte Susan ihn doch noch und lachte unter Tränen.

„Ach, Susan“, seufzte Alexandra und zog sie an sich. „Wir haben doch schon ganz andere Dinge geschafft, oder nicht?“

„Mhm“, machte sie ungläubig, denn dass ihr Herz diesmal heilen würde, daran glaubte sie nicht.

Sie saßen eine Weile so nebeneinander und es begann gerade, kalt und hart auf dem Boden zu werden, als eine der beiden Zwillinge lauthals „Susan!“ plärrte.

„Nanu? Was ist denn da los? Haben sie etwa einen Kuchen verbrannt?", scherzte Alexandra, stand auf und zog Susan an der Hand hoch. „Komm, wir schauen mal nach, ob es Tote oder Verletzte gibt.“

„So schlimm wird's schon nicht sein“, wiegelte Susan müde ab und machte keine Anstalten, ihr zu folgen.

Alexandra ging in den Flur hinaus und rannte dann die Treppen hinunter. „Susan!“, schrie auch sie in heller Aufregung, als sie unten angekommen war. „Komm sofort runter und schau dir das an.“

Susan hatte keine Lust und blieb, wo sie war, doch als auch Rick und Harper nach ihr riefen, schleppte sie sich nach unten. Sie trat hinaus in gleißendes Sonnenlicht und war geblendet. Vom

Licht, das vom Himmel strahlte und das sich in einem Truck spiegelte, dessen Ladefläche randvoll mit hellen Holzkistchen beladen war. Über und über, alles voller Erdbeeren.

Zwei Menschen, deren Gesichter hinter den Holzkisten verborgen waren, luden alles im Vorgarten ab.

„Was … um Himmels Willen …?“ Weiter kam sie nicht, denn da stellte einer von ihnen seine Ladung ab und Calum tauchte grinsend hinter einem Berg Erdbeeren auf.

„Mit den besten Grüßen von John O'Shea und den übrigen Bauern aus Wexford und Waterford! Ich hatte dir noch sagen wollen, dass die Lieferung auf dem Weg ist, aber …“

„Erdbeeren? Und gleich sooooo viele?“, rief Natalie, die gerade herauskam und an Susan vorbei ins Freie stürzte. „Sind die für uns?“

„Quatsch, die sind nicht für uns, die sind für Susan!“, wies ihre Schwester sie umgehend und leicht genervt zurecht und verfolgte dann weiter stumm das Geschehen. Genau wie Alexandra neben ihr hatte sie die Arme vor der Brust verschränkt, die Stirn gerunzelt und die Augen verengt.

„Aber … die kann sie doch nie alleine essen!“, brachte Natalie ungläubig hervor. „Oder, Susan?“

Die wiederum schüttelte nur völlig überwältigt den Kopf und schaffte es nicht, ihren Blick von Calum zu lösen. Wie er so dastand, in dem weißen, fleckigen T-Shirt, unter dem sich seine Brust deutlich abzeichneten, die von der Sonne gebräunten Arme und dieses unwiderstehliche Lächeln auf seinen sinnlichen Lippen.

„Kann sie nicht!“; brabbelte Natalie wie ein Kind weiter und hüpfte leicht von einem Bein aufs andere. „Wir können alles damit machen. Einfach alles!“, rief sie begeistert und warf die Arme in die Luft. „Erdbeerkuchen. Eis. Sorbet. Panna Cotta …“

„Ja, ja, schon gut. Einfach alles“, unterbrach Alexandra sie grimmig. „Hey, Harper!“, stauchte sie ihren Freund zusammen, der sich gerade zusammen mit Rick welche in den Mund schob. Die Früchte waren so saftig, dass ihnen der Saft übers Kinn lief, sie den Kopf in den Nacken legten und ausgelassen kicherten.

„Was ist?“, fragte er verständnislos, nachdem er die Beere gekaut und hinuntergeschluckt hatte, und nahm sich schon die nächste. „Das sind die besten Erdbeeren, die ich jemals gegessen habe!“ Er machte einen Schritt auf Alexandra zu und reichte ihr eine. „Da, probier mal!“

„Harper!“, zischte sie und wischte seine Hand entrüstet weg.

„Was soll das alles?“, murmelte Susan wie durch einen Schleier. Der Fahrer des Trucks lud noch immer Kisten vom Auto. Wohin sie auch schaute, überall sah sie nur Erdbeeren. Alles war rot. Erdbeerrot. So rot wie ihre Wangen, Calums Lippen und die Flecken auf seinem T-Shirt.

Der lächelte sie nach wie vor an. Sein Gesicht war schöner denn je und in dem endlosen Blau seiner Augen lag so viel Wärme und Zuneigung, dass ihre Knie weich wurden.

„Calum …“, stieß sie mit angehaltenem Atem hervor.

Calum wischte sich die Hände an seinem mit roten Flecken übersäten T-Shirt ab und grinste breit. „Ja?“, fragte er leise und zog die Stimme schelmisch in die Höhe.

„Was?“

„Was wolltest du mir eigentlich sagen?“, fragte er so leise, dass nur sie es hören konnte. Sie schluckte, ihre Stimme kratzte, und er beugte sich so nah zu ihr vor, dass sie seinen Atem auf ihrer Haut spürte und seinen herben Körpergeruch roch. „Wolltest du mir vielleicht die ganze Zeit über sagen, dass du *mehr* sein willst als nur eine Nebenfrau?“, flüsterte er ihr ins Ohr, zog den Kopf zurück und sah ihr tief in die Augen. Susans Blut rauschte und waberte, ihr Kopf war leicht und leer und ihr Herz überschlug sich in einem wilden Galopp. Träumte sie? Hatte er das wirklich gesagt?

„I... Ja“, hauchte sie ergriffen.

„Ja?“, wiederholte er und wurde einen Moment lang ganz still. Selig lächelnd schaute er sie an, dann aber riss er die Fäuste in die Luft, legte den Kopf in den Nacken und schrie aus Leibeskräften, so laut, dass alle Freunde und Nachbarn es weithin hören konnten: „Ich will auch keine Nebenfrau! Nur eine! Nämlich dich, Susan!“

Während sein Schrei verhallte, wurde es ganz still in dem Vorgarten, und auch Calum kam zur Ruhe. Er senkte den Kopf wieder, bis sich ihre Blicke fanden. Dann legte er eine Hand an ihre Wange, strich unter ihrem Kinn entlang, über ihren Hals, weiter bis zu ihrer Schulter, wo sie schließlich liegen blieb.

„Für mich gibt es nur ganz oder gar nicht“, sagte er feierlich.

Und diesmal schrie Susan. Spitz und schrill, nur einmal, nur kurz, dann warf sie ihre Arme um ihn und er seine um sie. Er zog und sie presste sich an ihn und sie versanken in einem so langen und leidenschaftlichen Kuss, dass sie allein vor dem Haus standen, als sie sich irgendwann wieder voneinander lösten.

„Oh, Susan“, murmelte er und strich mit der Rückseite der Finger über ihre Wange. „Mit mir musst du deutlicher reden. Ich bin ein Bauer, dem es verdammt schwerfällt, zwischen den Zeilen zu lesen. Ich dachte, du hasst mich und dass ich als ganzer Mensch für dich ein Fehler war, den du bereust."

„Oh, Calum! Nein! Du warst kein Fehler. Nur alles drum herum. Ich dachte, das müsstest du doch verstehen! Ich wollte doch nur, dass du mich vom Kündigen abhältst und mir sagst, dass du mehr willst!" Betreten sah sie ihn an.

Still schüttelte er den Kopf und schaute auf die Erdbeerkisten. „Bitte versprich mir, dass du in Zukunft offen und geradeheraus sagst, was du willst, okay? Noch einmal zwei Wochen wie die letzten halte ich nämlich nicht aus. Versprochen?"

„Ja. Versprochen!", antwortete Susan gerührt, stellte sich auf die Fußspitzen und gab ihm einen Kuss auf den Mund. „Aber du musst mir das Gleiche versprechen. Ich war mir sicher, dass du nur einen One-Night-Stand wolltest oder eine Affäre, aber bestimmt nicht mehr."

„Oh, Susan! Wieso denn?"

„Na, weil du …", setzte sie an und erzählte alles.

Schüchtern schielten die Zwillinge ums Eck, versuchten, einen Blick zu erhaschen, und erkundigten sich flüsternd, ob sie ein paar Kisten Erdbeeren für ein Trifle mitnehmen dürften.

„Ja, natürlich! Bedient euch alle, nehmt reichlich und gebt den Nachbarn auch etwas!", lud

Calum alle ein, und Susan wollte gerade voraus ins Haus gehen, als er sie zurückhielt. Verschmitzt sah er sie an und nahm ihre Hände in seine.

„Noch eine Frage, eine wichtige Frage. Willst du morgen mit mir zu einem Bauernhof in Kilkenny fahren?" Seine Stimme und sein Gesicht waren ernst. Ging es etwa schon wieder nur ums Geschäft? Sie versteifte sich und wollte gerade erbost ihre Hand aus seiner reißen, da hielt er sie noch stärker fest und grinste noch breiter. „Nur zum Vergnügen. Der Hof ist aufgelöst und dient jetzt als ein schönes Bed & Breakfast. Keine Arbeit, nur … du und ich."

„Nur … du und ich", seufzte sie und wurde plötzlich von einer so großen Leichtigkeit ergriffen, dass sie meinte zu schweben. „Nur du und ich, Calum."

„Ein paar Tage."

„Ein paar Tage", wiederholte sie verträumt und legte ihren Kopf an seine kräftige Brust. Sein Herz hämmerte stark an ihrem Ohr. Sein Herz. Von einer enormen Liebe erfasst drehte sie den Kopf, legte die Fingerspitzen sacht auf seine Brust und hauchte einen Kuss darauf. Dann sah sie ihm glücklicher denn je in die Augen. „Ja, das würde ich sehr gern."

Mit einem Seufzer, der mehr ein Knurren war, legte er beide Hände an ihr Gesicht, schaute sie lange mit bebenden Lippen an, bevor er mit erstickter

Stimme: „Ich auch“, flüsterte und sie leidenschaftlich küsste.

„Hey, wenn ihr zwei fertig seid oder mal wieder Luft schnappen müsst“, unterbrach Rick sie irgendwann später, „dann habt ihr die Wahl zwischen Susans Zimmer und Champagner mit Erdbeermousse, Trifle und Erdbeereis-Booten.“

Kichernd standen die beiden nebeneinander.

„Na, was meinst du?“, fragte Calum und zog sie an sich. „Ich bin erst für das eine, dann für das andere.“

„Erst die Erdbeeren!“, entschied Susan lachend und schmiegte sich an Calum.

„Weise Entscheidung!“, lobte Rick, schlug Calum auf die Schulter und reichte ihm die Hand. „Willkommen bei uns!“

Calum war offensichtlich so ergriffen, dass es ihm kurz die Sprache verschlug. „Danke“, sagte er dann gerührt und schüttelte Ricks Hand. Kurz darauf führte Rick sie. nach oben auf seine Dachterrasse, wo bereits alle versammelt waren. Rick zog eine Champagnerflasche aus einem Eiskühler und ließ den Korken in hohem Bogen über das Dach fliegen.

„Auf Susan und Calum und dass es ewig hält!“, jubelte er, während er so schwungvoll eingoss, dass die Gläser überschäumten.

„Auf den ersten brauchbaren Mann von Susan!“, rief Harper und hob sein Glas.

„Auf dich, Calum“, stimmte Alexandra ruhig mit ein. „Es tut mir leid, dass ich dich falsch beurteilt habe. Entschuldige bitte.“

„Schon gut, Alex, ich weiß jetzt, wie das Missverständnis zustande kam.“

„Mhm“, antwortete sie mit einem mahnenden Blick zu Susan und nahm ihr Glas. Dann drehte sie sich blitzschnell wieder zu Calum um, zeigte mit dem ausgestreckten Finger auf ihn und fauchte im Scherz: „Aber wenn du ihr das Herz brichst, dann kriegst du es wirklich mit mir zu tun, merk dir das!“

Alle brachen in schallendes Gelächter aus, hoben die Gläser, prosteten sich zu und sprachen dem neuen Paar ihre Glückwünsche aus. Susan hielt Calums Hand und schaute in den Himmel über Dublin. Ihre Gedanken schweiften davon, nahmen die Sorgen und Ängste mit und ließen sie weit über den Dächern los. Mit einem Mal war sie unendlich dankbar dafür, dass alles so gelaufen war, wie es nun mal gelaufen war. Ohne die Affären und das lange Leid hätte sie sich nie erkannt, was die wahre Schönheit und den wahren Wert eines Menschen ausmachten. Sie wäre achtlos und in sich selbst gefangen an Calum vorbeigegangen, und das wäre der größte Fehler ihres Lebens gewesen.

„Danke", flüsterte sie, drückte seine Hand und lehnte ihren Kopf an seinen Arm. „Danke, Calum, für mein neues Leben."

*** *Ende* ***

21135377R00153

Printed in Poland
by Amazon Fulfillment
Poland Sp. z o.o., Wrocław